質草女房

渋谷雅一

角川春樹事務所

目次

質草女房

【一】質草女房

一

「――店を仕舞うって……どういうことだ、それは？」

襤褸布の塊にしか見えない風呂敷包みを右手に提げた柏木宗太郎は、巴屋の土間に突っ立ったまま絶句した。

巴屋は、本所相生町の入り組んだ路地の奥にある質屋である。

そういえば、昼間だというのに将棋の歩の駒を模した看板がかかっておらず、ちらりと不安な予感を抱いてはいたのだ。

「どういうこと、と聞かれましても、今いった通りでございますよ。私もこの歳ですし、江戸がこのありさまですのでね。連れ合いもとうに亡くなり子供もおりませんので、親戚のいる藤沢宿あたりにでも移って、残された年月は江ノ島の弁天様でも拝んでのんびり暮らそうと、先日そう決めました」

帳場に座った松ノ助は、宗太郎の方を見ようともせず静かな口ぶりで応えた。

「そちらが決めたことなら仕方ないが、だが、何だってまた急に……」

「つい先だって、江戸も東京と名を改めましたことですし、この巴屋も看板を下ろす頃合いでございましょう。我が子にも等しく思っていたお店ですが、だからこそ、ここらできれいさっぱりと」

呆然としながら宗太郎は、松ノ助の乾いた口元が動くのをじっと見つめた。「皆が江戸よりも東京という呼び方に馴染む頃には、この巴屋もなくなってしまうかと思えば、私もすっきりいたします」

半ば地肌が透けるほど薄くなった白髪、目がくぼみ骨の形が輪郭となって浮き出た老人の顔がそこにあった。

けれど決して、ただ枯木のように老いさらばえているだけ、というわけではない。質屋として銭を間にした強かな客とのやり取りで、大きな間違いをせずに商売を続けてきた自信のせいか、どことなく毅然としたものが表情からにじみ出ている。

(長いつき合いだが、銭を借りられるか返済を待ってもらえるかばかり頭にあって、これまで気にかけたこともなかった。それがこうやって改めて見ると、巴屋の親爺も思った以上の歳になっていたのだな)

もっとも、宗太郎とて他人のことをいえたものではない。

かろうじて読み書きこそできるものの、これといって職に就かず、日傭取りの仕事で流されるままのその日暮らしで、気がつけば三十歳である。

五尺三寸（約一六〇センチ）の上背に、はっきりと量ったことはないが十四貫（約五三キログラム）に少し足りないくらいの目方はあるはずで、当世の男の体格としては上背が少々あるが平均の範疇に入るといっても良いだろう。

よく見れば目の大きな稚気のある顔立ちで、年齢より若く見えるはずだ。が、単に整える銭が惜しいという理由で、伸ばし放題の月代を中途半端にまとめた総髪風と、まばらな無精髭が見苦しい印象を与えている。お陰で、せっかくの稚気も相殺されているようだ。

それでも愛想は悪くないし、ひとり暮らししている裏長屋の住人からは、親切な男だと思われている。

若い頃からその気になって修業すれば、職人なり商人なりでやっていけたかもしれない。事実、同じ長屋に住むお節介な大工から、「その気があれば親方に話してやるよ」と勧められたこともあった。

だが、浪人、それも極めつけの貧乏浪人に生まれた宗太郎は、そんなごく普通の町人として仕事に打ち込んでいる自分を想像できなかった。武士の矜持などという大上段なものではなく、単に考えの外にあっただけだが……。ついでにいえば、仕官など辻講釈の世界の話だと思っている。

いわば、〝貧乏浪人〟が宗太郎にとって定まった職なのであり、満足はしていないものの、物心付いた時から仕方のないことだとあきらめの気持ちで生きてきた。

御一新による江戸の大混乱も、自分の未来に関係のない話だと思っているから、先の見通しなどももちろんない。おそらく、このまま同じように暮らし、年老いていくに違いあるまい——それはそれで、受け入れるしかないだろう。

ともかくそんな生き方をしていた宗太郎だから、松ノ助の表情の中にある毅然としたものに、わずかだが初めて憧れに近いものを感じた。

(俺はとてもじゃないが、こんな顔の爺にはなれないだろうな。いや、こんな歳まで生きられないか……おっと、変な物思いをしてる場合じゃない)

松ノ助の都合や決意など、どうでも良い。宗太郎にとっての問題は、今日明日の飯なのである。

宗太郎は、擦り切れあちこちほつれた風呂敷包みを上がり框に置くと、その場に両掌を突き、帳場に向かって顔を突き出した。

「なあ、だが店仕舞いといっても先の話で、まだしばらく商売は続けるのだろう？現にこうして開けているではないか」

「いえ、もう後始末が残るばかりでございまして……小僧にも暇を出しましたし、藤沢の甥にも、世話になる旨の便りを出して、請け合ってもらいました。そのような訳ですので、質草はもうお預かりするわけにはまいりません」

巴屋松ノ助は白髪頭を動かしもせず、視線だけを一度、風呂敷包みにちらと向けてから、また帳面に目を落とした。「せっかく足をお運びいただいたのですが……金子はご用立てできません。お帰りください」

「そんなことをいわれても、困る。そこを曲げて、何とかお願いしたい」

「質屋はよそにもございますでしょう」

「それはそうだが……俺の親の代からの、つき合いではないか」

お前のところしかないのだ、こんな底の抜けた鍋釜を質草に取ってくれるのは、まして初見では——と、宗太郎は片手拝みで哀れっぽい声を作った。

「申し訳ございません」

「だったら、なあ、店とは関係なく松ノ助さんがいくらか貸してくれないかな？百文とはいわない、五十……いや、三十文でも。本当に困っている。昨日から、飯を食ってないのだ」

「お気の毒だとは思いますが、そうおっしゃられても困るのはこちらの方です。これからは、金が出る一方でございます。巴屋も見ての通りの細々とやっていた質屋で、大した貯えがあるわけではないことくらい、お察しいただけるかと存じ上げますが」

「数日の飯が食えればそれで良い。人足でも荷車引きでも、今日のうちに何か仕事を探して、明後日にでも金を返しにくるさ。約束する」

「お言葉ですが、今の江戸で今日の明日などと、簡単に仕事が見つかりますか？」

宗太郎は、ぐっ、と言葉につまった。

確かに日傭取り稼業の口が途切れたから、生活に追いつめられてここにきたのである。どこにいっても、世の中が落ち着いてから、と首を横に振られ追い返された末のことだ。

それでも宗太郎は、これといったあても思いつかないまま、むしろ自分を無理矢理に安心させるためにいった。

「それでも……探せば何かあるだろうよ」

「いっそ、薩軍の下働きでもなさいますか。あの方たちなら、何かとお忙しそうです。特に、江戸のあちこちに潜んでいる彰義隊の生き残りを見つけ出して知らせれば、報奨金がいただけるとの噂ですが」

「そいつはどうかなあ……どうも気が進まないな」

「何のかんのいって、柏木様も江戸のお方でございますね」

松ノ助はやっと宗太郎に視線を向けて、賞賛とも皮肉とも取れるような言葉をかけた。

一方で、金を返せるという口実のひとつを、うっかり自ら打ち消したことに気づいた宗太郎は、曖昧な笑顔を作るしかなかった。

（だが、薩摩の手伝いをするなどといったら、それはそれで金を貸してはくれんだろうなぁ……この親爺だって、江戸の者だ）

つい三月ほど前——慶応四年の五月半ば、輪王寺宮を擁して上野の山に立て籠もった彰義隊は、新政府軍の攻撃の前に一日保たずに壊滅し、敗走した。

それ以上に戦火が広がることはなかったが、江戸の空気は未だ落ち着きを見せてはいない。有卦に入っているのは、薩長を中心とした新政府軍相手の料理屋や女郎屋ぐらいなものだ。

それでも中には、薩摩人お断りという料理屋主人や女郎も少なからずいた。そのくらいに、江戸の人間は薩摩嫌いの彰義隊贔屓ではあったのだ。

ともかく江戸の大多数の庶民はこの先どうなるのかと不安を抱え、息を潜めて暮らしている。中にはこの巴屋の主人が考えているように、早々と江戸に見切りをつけ、縁を頼って地方へ出て行く家もあった。

その点で貧乏浪人の宗太郎、飯のことさえ別にすれば気楽な立場である。先祖をたどればそれなりの家中にあったという柏木家だが、本所回向院裏の長屋での浪人暮らしも幾代か続くと、武士としてのあくも抜けようというものだ。意識としても、その日暮らしの庶民とけじめがつかない。

ただ物心ついた頃から、日課として毎朝みっちりと一刻（約二時間）かそれ以上、長屋の裏で父から剣術の稽古をつけられた。それだけが、宗太郎に残された武士の尻尾といえるだろう。それ以外は、近所の子供に混ざって駆け回り、成長するに至ってはその日その日の糧のために働いて、気がつけば泥だらけで三十年を過ごしてきたのである。

仕えるべき主家はなく、母親は七年前、その翌年には父親と相次いで世を去った。もとより兄弟もいない。親戚の縁も探せばどこかにあるはずだが、亡き両親からは何も聞いておらず、これもさっぱりわからない。

そんな、ないない尽くしの宙ぶらりんがこれまで宗太郎を主に生活の面で苦しめてきたが、今回の幕軍と新政府軍の戦ばかりは、彼をどちらとも無関係な、いわば安全地帯に置いたのだった。

新政府軍による彰義隊の残党狩りもひと段落したとはいえ、御家人やそれまで佐幕を声高に語っていた者は、大手を振って歩けない状態が続いている江戸である。

しかし、伸びっぱなしの月代に無精髭、あちこちほつれて継ぎが当てられ、元の色さえ怪しくなった小袖に袴姿の宗太郎は、江戸に入った新政府軍の者たちの注意を特に引きつける対象にはならなかった。

見ようによっては、別の意味で実に怪しい人物ではある。けれど、図らずも滲み出る筋金入りの赤貧が、残党狩りに宗太郎を庶民かそれ以下の存在で、どちらにしても取るに足らぬ者、と思わせたようだ。

武士の証であるところの大小も、十年ほども昔に質入れされて亡くなった母の薬代に変わっており、今や無腰であることが自然になっていた。それもまた、彰義隊の残党狩りの者に、大した警戒心を抱かせなかった一因だろう。

江戸での大混乱をおのが耳目で聞きも見もした宗太郎だが、直接自分と関係していないこととして、無関心で生きてきた。だから、これまで通り特段の考えもなしに巴屋を訪れ、そこでいきなり自分が接している現実を突きつけられて、初めて狼狽えてしまった格好なのである。

――と、その宗太郎の前で、腕組みして帳場に座ったまましばらく黙り込んでいた松ノ助が、視線を真っ直ぐに当てて不意に口を開いた。

「柏木様は……その、剣術なり柔術なりの心得が、ございますか？　いえ、お侍様に向かって失礼な問いかけだとは重々承知しておりますが」

「うん？　まあ、物心ついた頃から、剣術の稽古だけはしてきたよ。道場に納める束脩も謝儀も用意できなかったから、もっぱら父の手ほどきを受けてのことだが」

「ほぉ、そのような……」

尋ねた松ノ助の目に、少々の疑いの色が浮かんだのも、これまでの宗太郎とのつき合いから思えば無理からぬところだろう。

けれど宗太郎は大して気にする風もなく、気軽な世間話といった体でにこやかに応じた。これが話の継ぎ穂になって、いくらかの銭を借りられるなら、というさもしい気持ちが、ちらと頭をかすめたからである。

「剣術といっても、ただ木剣の素振りをして父を相手に型をいくつか、後はひとりで、刀を鞘から抜いたり収めたりの繰り返しさ。独楽も凧も買ってもらえなかったから、これが自分にとっては遊びのつもりで、毎日飽きるまでやっていたな」

「抜刀術、というやつでございますな」

「何々流とか威張れるほどの、立派なものじゃないのだがね」

あまり深いところまで尋ねられればぼろが出る、そうなれば松ノ助に芳しくない印象を与えかねない――と、あわてた宗太郎は大げさに顔の前で手を振った。「まったくの我流だよ。それでも、父のかつての道場仲間だとかいう浪人者が遊びにきた時にやって見せたら、えらくほめられたことがあった。今になってみれば、世辞だったのだろうなあ……現に、その剣術がまったく稼ぎにつながっていないしな」

「左様でございますか……」

松ノ助は、思案顔となった。

宗太郎は、会話がそれきりになるのを怖れてつけ加えた。

「それに、父が亡くなるかなり前……ここ十年ばかりは暮らしに追われて、稽古なんかしている暇などなかった。松ノ助さんは忘れているかも知れないが、肝心の刀もこの巴屋に質入れしてしまったし、腕に錆がきているだろうさ」

「なるほど……」

「おい、それよりなんだい、いきなり俺の剣術の腕がどうかしたのか？」

「腕の錆の方は、この際、目をつむるといたしますか……」

ひとりごちた松ノ助は、質屋の目つきで宗太郎を上から下まで眺めた。「でしたら柏木様に、この巴屋の後始末をお手伝いいただきたいのですが。もちろん、それ相応の手間賃はお支払いいたします」

「後始末の手伝い、だと？」

「先ほどから申し上げている通り、巴屋はもう、金の貸し出しをいたしておりません。それでもこうして店を開けているのは、返済にいらしたお客様に、質草をお返しするためでございます。もっとも事情が事情でございますから、利子を大負けにすることも併せて、三月の期限を半年までは延ばすことにいたしました。住まいの知れているお客様には、暇を出す前の小僧を走らせて、すでにその旨をお伝えし終えております」

「この混乱で、所在がつかめなくなった客もかなりいるだろうな。江戸から逃げ出した連中はともかくとして、そういう者たちの中には、あるいは戦で——」

顎の無精髭を掌で撫でた宗太郎は、足もとに視線を落として、後に続く言葉を呑み込んだ。

「そこまで延ばしてもなお、期日までに返済がなければ、お約束通りにお預りしている質草を同業仲間なり古道具屋なりで金に替えれば良いだけの話でございますが……」

「それで、俺は何を手伝えば良い？　それでも金を貸せといってくる、つまり俺のような輩がきたら追い払うのか？　自分と同じ貧乏人を追い払うってのも気が引けるが、この際贅沢はいっておられんから、何でもやるさ」

「いえいえ、早合点なさっては困ります」

商人らしく一度は穏やかに笑いかけた松ノ助だが、すぐに真顔になった。「柏木様には、質草を置いたままで行方知れずになった、とあるお客様を捜し出して、預かったものを流しても良いのか、それとも金を返すのか、御返事をいただいてきて欲しいのでございます」

「何だ、人捜しか。いいとも、任せろ」

「腕前をお聞きしたのは、あるいは危ない目に遭うこともあるかと、そう考えましたもので」

松ノ助の遠回しな警告を、しかし宗太郎はまるで聞いてはいなかった。

「だが、行方知れずの客の質草は流すといったばかりなのに、その客だけはわざわざ捜し出そうとは、やけに親切なことだな。よほどの上客だったのか？」

「預かっております質草が、ちと厄介な生ものでございまして……」

「厄介な生もの？」

「はい。捜し出していただきたいお客様からお預かりしている質草は、その……長年この商売をやっておりますが、このような質草は初めてでして……」

　額に掌を当てた質屋の主は、ため息混じりにいった。「質草というのは、女――それも、とあるお侍様の御内儀なのですよ」

「なんだと……？　つまり、自分の女房をこの質屋に預けて、金を借りたやつがいるのか？」

　さすがに目を剝いた宗太郎だが、松ノ助はにこりともしなかった。

「どうぞお上がりください。どうせしばらくはお客様もないでしょうから、奥で経緯をお聞きいただきましょうか」

「――聞かせてもらおう」

　松ノ助の様子から、自分をからかっているわけではないと知った宗太郎は、表情を引き締めた。その質草への好奇心もあるが、何より銭につながりそうな話でもあるからだ。

二

一見したところ、間口が狭く小ぢんまりとした巴屋だが、その奥につながった母屋は意外に広いことを、宗太郎は初めて知った。考えてみれば、商売柄、あまり堂々としていては客も入りづらいし、住み込みの小僧もいたのだから、質屋としては当たり前の造りなのかもしれない。

今は松ノ助ひとりの暮らしとなった午後の母屋には、息を潜めているような、それでいて気が急いているような、今の江戸の空気そのままの気配がした。

六畳ばかりの座敷に通されて、松ノ助手ずからの茶をすすった宗太郎は、空きっ腹に沁みる熱さを感じながら、無遠慮にあたりを見回した。

「質屋ってのは、儲かるもんなんだな。それなりに続いたお店なんだし、店仕舞いしちまうのは、やっぱりもったいない気もするが」

「それも、世の中が落ち着いていれば、の話でございますよ。先がまったく見えない昨今の江戸では……。それに何より、後を継ぐ者もおりませんので」

宗太郎は何となく仏壇を向いて、遠い記憶をよみがえらせた。

（そういえば、長年通ったこの質屋だが、主人の松ノ助と小僧以外は顔を見たことがなかったな……いや、まだ子供の頃、父の使いで来た時に一度二度、愛想の良い丸々とした女がいた気もする。となると、あれが松ノ助の女房だったのかも知れん)

「先ほども申し上げましたが、今はこの巴屋が私にとってたったひとりの子のようなものでございます。それを仕舞いにするというのは寂しくないといえば、嘘になりますとも」

「まさか御公儀があれよあれよといっている間にこんなことになっちまうとは、俺も思わなかったさ」

「――それで、話の続きですが……」

茶をひとくちすすり、一度間を取った松ノ助が語るには――見るからに浪人然とした篠田兵庫と名乗る男が、三名の仲間と共に巴屋を訪れたのは五月前の黄昏時のことだ。

証文によれば四月十一日、すなわち、勝安房守の尽力で無用の争いもなく江戸城の開城が完了した日――閏月を挟んで上野の山で戦が起こるふた月ほど前になる。

四人の首領格と見えた篠田は「我々は寛永寺の彰義隊に身を投じ、いずれは東征軍との決戦に臨む同志である。遺憾ながら江戸城が明け渡された本日、仲間内でこの痛恨事を噛みしめる宴を張ろうと思うのだが手元不如意、ついては十両ばかり借用したい」と、申し出た。

その頃、江戸の治安警護は、旧幕府勢力の有志によって結成された彰義隊と、薩摩を中心とする新政府軍が反目しながら分担していた。新政府軍に反感を抱く江戸の者は多く、当然ながら彼らは彰義隊に肩入れをした。そんな背景もあったからかもしれないが、彰義隊を騙る者による、幕府再興の運動費を名目とした商家へのゆすり、たかりが横行もしていた。

篠田たちをその類と見た松ノ助は、のらりくらりと応対し、小銭を包んでお引き取りを願おうとしたが、これに四人の中で一番の若手と見える丸顔に痘痕の者が激昂し、いきなり刀を抜きかけた。

「おっ、おっ、お前も江戸の者だろうが！　本来ならそっ、そちらの方から、〝身体を張って江戸を、お、お護りくださるとは、ありがとうござんす〟と、金を持参して当たり前のところを、わっ、わざわざこちらから出向いてやったのだぞ！」

痘痕の若い浪人者は、興奮のためか生来のものかひどい吃音だったという。

そこに、懐手で成り行きを眺めていた篠田が、薄笑いを浮かべて間に入った。

「まあ待てよ、稲垣。ちゃんと手順を踏んで金を借りようってぇ話なのに、そういきりたっては話ができない」

「け、けど、しし、篠田さん」

稲垣、と呼ばれた男の袖を引いた篠田は、ぐいと一歩前に出て、芝居がかった調子で松ノ助をねめつけた。

「御主人、こちらは何も十両寄越せといっているのではない。貸せ、といっているのだ。借りた金は、すぐに返せるあてもある。そう心配するな」

「………」

「お前のところは質屋だろ？　十両に見合う……いや、それ以上の価値がある質草を置いていく。それなら、文句はあるまい」

「それは、商売でございますから。しかし、十両となるとどんな質草でございますか――」

　松ノ助は、似たような客をこれまで何度もあしらった経験がある。十両に見合う質草などどうせ口実、二束三文のがらくただろうと高をくくっていた。

　しかし、この老練な質屋の主人はすぐに言葉を失うことになった。

「いいか、必ず三月の期限までには金を持って戻るから、この質草を流したら承知せんぞ」

凄むでもなくいった篠田は、開けっ放しの戸口に振り返って短く声をかけた。「――

おい、入ってこい」

……と、ここまで宗太郎に語って聞かせた松ノ助は茶をもうひと口すすって、ため息をついた。

「――それで店に入ってきたのが、さっきいってた御内儀、ってわけだな」

「はい。あそこまでやられては、こちらとしても求められた十両をお渡しするしかございませんよ」

松ノ助は膝の脇に置いた手文庫から、一枚の証文を取り出し畳の上に拡げてみせた。

『壱金十両御借申上候　彰義隊隊士　篠田兵庫　但担保品　妻女けい弐拾弐歳預入之事』との墨書と爪印、脇には日付と六間堀脇の住まいが記されてある。

「これによれば、返済の期限から、ふた月ほど過ぎているな。御内儀さんの名前は〝けい〟……か」

宗太郎は、証文を手に取り穴が開くほど見つめた。寺子屋には通っていなかったが、雨の日の父の手ほどきで、一応の読み書きはできる。

「もちろん、ここに書かれた長屋を訪れてみましたが――」

「おらんだろうなぁ……その篠田とやらが、本当に彰義隊に加わっていたのなら。あるいは、一切合切（いっさいがっさい）が、金を出させるための出鱈目（でたらめ）かも知らんぞ」

「出鱈目でも何でも、柏木様にはその篠田様を捜し出して、御内儀を確かに請（う）け出すつもりがあるのか、そうでなければ質草として流すことを諒承（りょうしょう）する旨、一筆いただいてきて欲しいのです」

「質草なら、そりゃ流すこともあるだろうが、ものがものだし流すなら、女郎屋にでも売り飛ばして貸した銭の埋め合わせにする、ってところかな……」

やっと証文から顔を上げた宗太郎は、松ノ助にちょっと笑いかけた。「それとも、松ノ助さんのものにするかね？　一度流れた質草なら、自分のものにしたって構わないだろうし」

「それは、そうなった時に考えることです」

「確かに、その質草の器量にもよるからな」

しかし松ノ助は、宗太郎の軽口にそれ以上取り合わないといった風の真面目（まじめ）な顔つきで話を進めた。

「そんなことにならないためにも、その場で返済金を受け取ってきていただければ、一番よろしいのでございますが……その時は、質草をお戻しする段取りも決めていただければ助かります」

「どうもその篠田という浪人者は、なかなか一筋縄じゃいきそうにない御仁のようだな。金を取り立てるにしても一筆書かせるにしても、どちらにしても苦労しそうだ」

投げ出すようにして、宗太郎は拡げたままの証文を置いた。

「……それで、お引き受けくださるのですね？」

松ノ助の口ぶりには、宗太郎の置かれた状況を見透かしている調子が混ざっている。

「飯を食うには、他に手がないからな。それに、同じ彰義隊の残党を捜すなら、薩摩よりあんたの手先になった方がましさ。そうだろ？」

篠田たちが本当に彰義隊として戦ったのか、疑わしいな——と思いながら、宗太郎は続けた。「しかし、ずいぶんと義理堅いことだな。御内儀だろうが何だろうが、質草に違いあるまい。証文もあることだし、期限がきたら気にせず流しちまっても、良さそうなもんだが」

「万が一、後で乗り込んでこられて、あれこれいい立てられても弱ってしまいますので……」

「それもそうか……ここまでの話を聞く限りじゃ、その篠田って野郎ならそういう出方をしても不思議はない」

「篠田様は終始微笑を浮かべて声を荒らげもせず、落ち着きのあった方でしたが、ひとつ扱いを誤ると何をしでかすかわからないような、凄みはございましたね」

「篠田についちゃあ、改めてじっくり聞かせてもらわなければな。特に、質草の御内儀からは」

「もちろん、そのつもりでございます」

「だが、もしも篠田のいったことをそのまま信じるなら、彰義隊に入って上野の山で戦ったわけだろ？　だったら、死んじまってるかもしれんぞ」

「その時は、亡くなったという証が欲しいところでございますね。確かに篠田様のものだとわかるような遺品などあれば、よろしいのですが。なければ、一緒に戦った方からその時の様子について聞き出し、一筆いただければ……両方揃えば、なお結構」

「遺品か、死に様か……できれば両方を、か」

「……でないと、質草を流すに流せませんので」

松ノ助は、かさかさと音を立てて証文を畳んだ。

「もうひとつ、さっきもいったが、彰義隊なんて口から出まかせの嘘っぱち――そちらの方が、ありうる話だと思わないか？」

宗太郎は自分の考えに自分で納得したように、何度もうなずいた。

「私も、一応それは疑いました」

「篠田某(なにがし)とやらは最初から、女と別れるつもりだった。そこで彰義隊として戦うという口実で因果を含め、女をあんたに押しつけて金まで引っ張る一石二鳥さ。案外、そのあたりで飲んだくれているかもしれん」

「その時は柏木様も早く仕事が片づくので、好都合でございましょう? いずれにしても、何らかの返事をもらってきていただくだけですから」

「気軽にいってくれるなよ。篠田が生きていたとしたら、場合によっちゃ、無理矢理にでも一筆書かせなけりゃならんのだぞ」

「ですから、腕に自信がおありになるか、お聞きしたのでございますよ」

「〝こっち〟で済めば、確かに話は早いな」

突き出した拳骨(げんこつ)を一度、松ノ助に見せた宗太郎は腕を組みつぶやいた。「一番厄介なのは、その篠田が実際に上野の山で新政府軍と戦っていて、死なないで落ちのびた場合だ」

「左様でございますな。上野の山で武運つたなくなった方の多くは、会津(あいづ)に向かったと聞いております。下手(へた)をすれば、柏木様は会津、あるいはその手前の道中で、戦の真っ只中(まっただなか)に飛び込むことになりかねません」

「まるで他人事(ひとごと)だな」

宗太郎は苦笑した。

けれど松ノ助はにこりともせず、口調にも冗談めいた色はかけらもなかった。

「そのご覚悟があって、お引き受けくださったのでしょう？」

（会津か……）

宗太郎は、この時になって意外な話の成り行きにほんの少しだけ後悔を感じた。

その一方で、引く気もなくなっているのが自分でもわかっていた。

「会津なら、まだましでございますよ。中には北越や、海路で仙台へ向かった方々もおられるという話でございますから」

「おいおい、自慢するわけじゃないが、俺は生まれてこのかた、江戸から出たことがないんだぞ……どこに行くにしろ、たどり着くまでにどれだけの日数がかかるか、まるで見当がつかん」

「ですから柏木様には、すぐにでも動いていただきたいのです」

「これといって用事も仕事もないから、暇といえば暇だが……」

「手間賃として三両、まずは半金の一両二分をお渡しして、残りは首尾良く片づいてから……で、いかがでございましょうか？」

「三両、だと？」

想像もしていなかった大金に、宗太郎は狼狽した。「い、いや、こちらは構わないが……十両を取り立てるのに三両も俺に払っては、間尺に合わないのではないのか？」

三両といえば、住み込みの下働きを一年間雇える金額である。

けれど、松ノ助はあっさりと応えた。

「私としては、ただただ、一刻も早くすっきりさせたいだけでして」

返事も聞かず、細く折り畳んだ証文を指先で視線の先に押し出した松ノ助は、静かで厳しい表情をしていた。これまで見せていた、質屋の主人の顔ではなかった。

それで、宗太郎の表情も自然と引き締まった。

「話を聞いているうちに、俺もそんな気分になったよ」

宗太郎は、証文に手を伸ばした。

「では柏木様、まずは篠田様の御内儀にお会いいただきましょうか」

三

宗太郎が折り畳んだ証文を懐に入れるのを見てから、松ノ助は立ち上がった。

「ご一緒に、土蔵までおいでください」

「何だ、ここに呼んでくるのじゃないのか？」

「日に二度の飯と厠、それに二日に一度、湯で身体を拭く時以外には、頑として土蔵から出てまいりません」

「土蔵から出ない、だとぉ？」

眉を上げた宗太郎に、松ノ助はため息混じりにいった。

「それが……空いている座敷に移るように、何度も申し上げたのですが、『私は質草だから、他の預かり物と同じく蔵にいるのが当然』といい張りまして。内から心張り棒を支うということをしませんので、私を男ではなくあくまでも質屋の主人と見ているのでございましょう……。まるで、土蔵の番をしているようでございますよ」

「そいつは変わった女だな」

「最初は、飯にも手をつけませんでした。おそらく、篠田様がすぐにでも、自分を迎えにきてくれると信じていたのでしょう。それで、お預かりしている間の掛かりは貸した金に乗せておくので、遠慮しないよう申し上げましたところ、やっと箸をとっていただけたという次第で。それでも、決してお茶は召し上がらず、水ばかり飲んでおります」

松ノ助は首を小さく横に振って、つぶやいた。「……いじらしいもんでございますよ」

「五月もの間ともなると――」

飯の掛かりも馬鹿になるまい、と尋ねかけた宗太郎は、さすがに今の空気にはそぐわないと気づき、言葉を呑み込み腰を上げた。「――まあいいや。とにかく土蔵へ案内してくれ」

狭い中庭を鉤に曲がった廊下の先に、母屋とつながった土蔵の扉があった。

先に立った松ノ助が「入りますよ！」と、老人らしくない声を張り上げ、観音開きになった分厚い扉を軋ませた。

その内側の格子になった引き戸の向こうで、丸髷を結った若い女が振り向いた。

期待と悦びに満ちた表情――しかし松ノ助の後ろに立っているのが、期待した男ではないと悟った瞬間、その表情から輝きがみるみる失われた。

薄暗い土蔵の中で、八尺（約二メートル半）ばかりの高い場所にしつらえた明かり取りの小さな窓から、午過ぎの陽が差し込んでいる。その四角い光の中で端座した女が、硬い顔つきで横を向いた。

小柄なせいもあるのだろうか、きらきらと反射する浮いた埃の中、そんな女の白い横顔は、まるで陶製の人形に見える。

「あんたが質草の……篠田兵庫の御内儀の、けいさん、かい？」

「………」

「歳は二十二で、相違ないな？」

けいは、無言でかすかにうなずいた。

あるいは、自分を買いにきた女衒かと思ったかもしれないが、宗太郎の見た目から、違うと判断したようだ。

宗太郎は、近くに置かれた茶箱の埃を雑に払って腰を下ろした。

「そうかしこまることはないよ。俺は柏木宗太郎という者で、巴屋に頼まれて、あんたの御亭主を捜すことになった。けいさんも、早いとこ会いたいだろ？　それでまあ、御亭主についていろいろと聞きたいと思ってるんだ」

「――捜してもらう必要など、ありません」

けいは、宗太郎に一瞥もくれず、前を向いたまま短くいい捨てた。その横顔と同じく、硬いものが感じられる声色である。

楽な気分で話してもらおうと、自分にしては穏やかな口調を心がけたつもりの宗太郎は、けいの反応にいささかたじろいだ。

「頭っから、そういわれちまうとなあ……」

「うちの人は、私を請け出しに必ず戻ります。もしも、そうならなかった時の覚悟もできていますから、余計な気遣いはご無用に願います」

「まあまあ、御内儀――」

宗太郎の横に立っていた松ノ助が、取りなすように口を出した。「御内儀が蔵に籠もっていなさる間に、江戸はなかなかひどい有り様になりましてね。篠田様も、御内儀を請け出しにきたくとも、事情があってこられないのかもしれませんよ」

「……………」

質屋と質草の関係上か、けいは松ノ助の言葉には耳を貸す素振りを見せた。考えてみれば、今この場にいる三人で、一番立場が強いのは巴屋の主人である松ノ助なのだ。

「そこで、この柏木様に篠田様を捜していただいて、そのあたりの事情をはっきりさせたい――私が、そのようにお願い申し上げました。もちろん、御内儀にもわかったことはすぐにお知らせいたします。……そうそう、篠田様はまだどこかの土地で戦っておられるのかもしれませんね。もしも、御内儀から伝えたいことがあれば、柏木様に託すのもよろしいでしょう」

それでも口を閉ざしているけいに、宗太郎は軽い苛立ちを感じ始めた。

俺が何のためにこんなことやると、思ってやがる？　あんたを、こんな薄暗くて埃っぽい土蔵から自由にするためじゃないか！――口に出しかけた宗太郎は、ふと思い直す。

（いや、そもそも銭のため飯のために引き受けたことだったはずだ……。このけいという質草がどうなろうが、俺には関係ないだろ……）

宗太郎は、あえて静かな口調を作った。

「なあ、御内儀……御亭主を信じるのも結構だが、そう意地を張るもんじゃない。何より、質草のあんたが流れちまう期日はとっくに過ぎているんだ。それを、この巴屋は事情が事情だから待ってやろう、っていってくれているんだぜ。くだらぬ意地を張って、結局あんたが流された後に御亭主が戻ってきたとしたら、互いに悔いても悔やみきれねえだろうさ」

「………………」

「だいいち、捜すのは俺だし、あんたが損する話じゃねえだろ。いいじゃねえか、捜すだけ捜したって。あんたが気に入らなくても、俺は勝手に御亭主を捜すぜ」

「……こちらから、ことづけることはありません」

姿勢を変えないまま、けいは小さな声でやっといった。

これで突破口ができたと、宗太郎は早口で畳みかけた。

「それで良いんだ、それで――それじゃあ、御亭主の人相、年齢、背格好、それ以外に特徴があれば、どんな小さなことでも教えて欲しい。それに、御亭主が親しくしていた者についても、知る限りのことを……巴屋さんも思い出したことがあったら、横からで構わねえから口を出してくれ」

硬い顔つきを崩さないけいに、そこで松ノ助が年の功を感じさせる取りなし口調で語りかけた。

「まあまあ……いきなりあれもこれもといわれても、ねぇ？ まずは、どんな経緯で御内儀が篠田様とお知り合いになられたかを、お聞かせ願えますか」

松ノ助にうながされたけいは、やっと口を開いた。

「――篠田と初めて出会ったのは、一年、いえ十月ほど前のことです。その頃、私は両国橋近くの煮売り酒屋で住み込みの奉公人として働いていました」

けいは指を折り、記憶をたどりながらぽつりぽつりと話し始めた――。

働いていた煮売り酒屋に、篠田が初めて姿を見せたのは冬の夕刻のことです。

いつの間に入ってきたのか、気がつくと薄暗い店内の小上がりの片隅に上がり込んでいました。

ずいぶんと場違いな客だな、と思いました。

両国橋を東に渡って南に行った先、ごみごみと立て込んだあたりの奥にある、ざっかけない店です。客のほとんどは、近所の長屋の職人やその日暮らしの棒手振り、あるいは近くの弁財天周辺の娼家が集まった岡場所目当ての男たちばかりでした。

篠田は、刀こそ差していませんでしたがひと目でお侍だとわかりました。浪人と知るのは、後になってのことです。

半分ほど埋まった小上がりの客は大体が顔見知り同士で、うち解け声高に会話している中、そんな客がひとりでいるのは、さぞかし居心地が悪いだろうな――心の端でふとそう思ったのを覚えています。けれど、「おい、女」「早く酒を持ってこねぇか」と、あちこちから盛んに声がかかる時分です。他にふたりいる奉公人のねえさんともども、忙しく酒や肴を運んでいるうちに、そんなことは忘れてしまいました。

やがてやっと空気に馴染んだのか、周囲の客とひとことふたこと言葉を交わしていたのを横目にしているうちに、いつの間にか篠田は帰っていました。

二度目にやってきたのは、それから五日後のやはり夕刻だったでしょうか。

今度は小上がりの片隅ではなく、少し中寄りに座っていました。

驚いたのは、五日前はいるかいないか気配を感じさせなかった男が、まるで数年も通っていた客のように振る舞っていたことです。その場にいた他の客と、昔からの知己の仲かと思わせる態度で話し込み、笑い合っていました。何かしら人を惹きつける不思議な匂いでも持っているのか、周囲も気軽な調子で篠田に話しかけもしていました。

どんな話をしているのだろう？　一瞬、そう思いましたが、やはり忙しさの中すぐに忘れました。

その三日後、朝からちらついていた小雪の中を、篠田は雨具も使わずやってきました。三度目の来店はこれまでと違って、四つ（午後十時頃）に近い時分でした。

その日は空模様のせいで客は少なく、近所に住む年老いた職人がひとり残っているだけでした。おそらく町木戸が締まる前には帰るはずで、それで店仕舞いにしようと、言葉にはせずとも働く皆が考え始めていた頃です。

店を閉めるところだから、と断ろうか――そんな空気の中を、篠田はするすると入り込み、当たり前の顔で小上がりに上がってしまいました。

駆け寄り差し出した手拭いで肩の雪を払いながら、篠田はいいました。

「長居はしないさ」

とっさに返事ができず、私は土間の向こうの板場へ向きました。

視線が合った女将が小さく頷いて、一緒に働くねえさんが徳利と大根を煮た小鉢を載せた盆を渡してきました。今日はもうこれで客は来そうもない。だったら、細かい稼ぎでも増やしたいと考えたのでしょう。

けれど、店の事情などどうでもよかった。酒と小鉢を前に置いた時、篠田はごく自然な調子で、それでいて思いがけない言葉をかけてきたのです。

「けい、といったな。お前も、一杯やれよ」

客から酒を勧められることは、珍しくはありませんでした。単に機嫌が良いとか、羽振りの良さを装う酒癖の男たちは少なくありません。その分、酒の売り上げが増えるので女将も悪い顔をしません。

中には飯盛り女に接するつもりで、きっかけとして酒を勧める男もいます。それで店に断って早仕舞いして男と出かけてしまうねえさんもいたし、そんな時も女将は何もいいませんでした。

それどころか、私にもそうして欲しいと冗談めかしていうことさえありました。

「あんたほどの器量があれば稼げるし、店も繁盛するんだけどね。もしかして生娘なのかい」――と。

私は、そんな真似をしたいとは一度も思わなかった。

それ以前に、飲み慣れないこともあって酒が好きではありません。

けれど、篠田は名前を呼んでくれた。

「どうして私の名前を？」

「みんなが、そう呼んでいたからな」

気がつくと篠田と差し向かいで、話し込んでいました。

雇いの料理人も奉公人のねえさんも、町木戸が閉まるすぐ前に帰ってしまったし、女将も、戸締まりと後始末をいいつけると、住まいにしている二階に上がってしまっていたのです。もしかしたら、気をきかせたつもりだったのかもしれません。

私は夢中で自分のことばかり、篠田に聞かせていました。

歳は二十一、四谷鮫ヶ橋の貧しい者が集まった長屋の生まれで、ついふた月前まで、母、弟との三人で暮らしていたこと。父はなく病弱だった母は家でお針の仕事を、自分は子守や女中、泥人形の色つけなどで生活していたこと。歳の離れた弟は、近所の植木屋の下働きを始めたばかり——普段なら口になどしない生い立ちが、勝手に漏れ出している不思議な気持ちで、それがなぜか良い心もちでした。

「今はこの店に住まわせてもらって、こざっぱりしたものを着て、三度のおまんまを食べさせてもらってる……ありがたいし、やっと慣れたけど、でも——」

その時、穏やかな笑みを浮かべ、黙って話を聞いていたばかりの篠田が不意に口を開きました。

「そうか、この店はまだふた月か……住み込みといっていたが、たまには家に帰るのだろ？」

「ふたりとも死んじまって、帰る家なんてないんです」

突然、涙があふれました。「そうでもなけりゃ、こんな店で酔っ払いを相手になんかするもんですか……今でも、三人で暮らしていたはずなのに……！」

「死んだ、とは？」

「火事――付け火だって話です。母も弟も逃げ遅れて、助かったのは私だけ」

さっきまで甘く思えていたお酒が、今度はひどく苦いものに感じられました。

「付け火か……ふた月前で、あのあたりの火事といやぁ――薩摩が雇った連中か？」

「――！」

一気に酔いが醒めました。

焼けた長屋に集まった近所の男たち、それにその頃、江戸の警護をしていた庄内藩の人たちが駆けつけて、そんな話をしていたのを思い出しました。

（家族を奪ったのは薩摩の連中なのだ――）

憎しみと怒りの記憶で、一気に身体中の血が逆流した気分でした。

と、しばらく自分を見つめていた篠田が、さらりといったのです。

「俺は、つい先日この先の六間堀脇に越してきたんだ。それで、たまたま通りかかったこの店が気に入っちまってね」

「え……？」

突然何をいい出すんだ——と、私は篠田を見ました。

「その前は芝の神明様のすぐ近所に住んでいた。だが、そこにはもう居られなくなったのさ」

「………」

篠田は何となく自分の掌を見つめて、続けました。「——目と鼻の先の薩摩屋敷に出入りしている連中を斬っちまってね」

篠田の口調は、相変わらず飄々としたものでした。

「あの中に、お前の住んでた長屋に火を付けた奴がいたら良いのだが、世の中そうそう都合良くはいかないだろうなぁ」

「あ……あの——」

上手く言葉を出せないまま、私は思ったのです。

本当に神仏がいるのなら、これこそ巡り合わせに違いない――と。

「そうそう、まだこちらの名前を教えてなかったな――俺は篠田兵庫だ」

そういって顔を上げた篠田の名前を知ったのは、その時が初めてでした。

それがきっかけになり、その後も客としてやってきた篠田とじきに深い仲になった私は、乞われるがまま六間堀脇の長屋で一緒に暮らし始めたのです。

表情と同様に、淡々とそこまで語ったけいは視線を膝前に落とした。

宗太郎はつられて静かな口ぶりで尋ねた。

「なるほどな、それじゃあ次は篠田との暮らしぶりを教えてもらおうか」

「一緒に暮らすといっても、篠田は……留守にすることが多かったと思います……」

四

けいの話、そして松ノ助の記憶をつき合わせた結果、篠田兵庫は見た目において、ごくありがちな浪人者だとしかわからなかった。

年は三十をひとつふたつ超えたあたり、上背は五尺二、三寸というから宗太郎と大して変わりがない。ただし、宗太郎とは違って、浪人者にしては悪くない身なりだったようだ。

総髪を髷に結った顔立ちは、見ようによっては役者のように整っているらしい。もっとも、これは惚れた女のいうことだから、割り引いて考えなければいけないだろう。松ノ助にもその点を問いただすと、「役者といっても主役を張る派手さはなく、その脇を固める二枚目半——といった感じでございましたね」と耳打ちされた。これでは、どうにも摑みどころがない。

意外だったのは、けいを質入れする以前は、特に金に困った様子がなかったことだ。どこぞの商家から金をむしり取っていたか、そうしなくとも援助する者がいたか、あるいはその両方だったのかもしれない。留守がちにしていたのも、そのあたりが関係していたのではないか、と宗太郎はまず推し量った。

ではなぜ篠田は、巴屋から十両をふんだくらなければならなかったのか？　援助者と縁が切れ、たまたま金が尽きていたということも考えられるが、やはり、巴屋にこの女を押し付けるための口実だろう……そう思った宗太郎は、改めてけいの横顔をじっと見つめた。

けいは姿勢を変えず、決して視線を合わせようとしなかった。

尋ねられたことにだけ感情のこもらぬ短い言葉で応えるけいに、いつの間にか黙り込んでいる自分に気づいた宗太郎は、取って付けたように問いを投げかけた。

「――それで、だ、留守にすることが多かった以外、御亭主は普段どんな感じだったんだ？　いや、何でもいいんだ、怒りっぽいとか、食い物は何を好んだ、とか」

「几帳面（きちょうめん）で、常に身ぎれいにしていました」

「同じ長屋暮らしの浪人者でも、俺とは大違いだな。そもそもこっちは、金にも女にもまったく縁がないから、そこからして違う」

宗太郎は、少し無理をして笑顔を作ってみせる。「――さぞやあんたに優しかったのだろう？」

「はい……」

（ちぇっ、臆面（おくめん）もなくいいやがる）

けいは、表情も口調も変えないままつけ加えた。

「ただ……優しいだけではなく、時々、自分さえも近づけさせないような、厳しい顔つきになることもありました」

これに近い印象は、松ノ助も口にしていたと、宗太郎は思い出す。

（どうにも引っかかるな……。話を聞く限りじゃ、この篠田って野郎は色悪そのもので、だとすれば因果を含めて、この女を女郎屋にでも売り飛ばしそうなもんだが。まさか、本当に彰義隊か？）

彰義隊となると篠田が松ノ助に告(つ)げた事情に嘘はなく、素直にけいを請け出すつもりだったと考えた方が、自然といえば自然である。

（元彰義隊の篠田は、残党狩りの目を気にして、あるいは江戸のどこかに潜んでいるか、どこぞへ落ちのびたか……悪くすれば、あの世へ旅立っちまったまであるな）

どうやらそのつもりでいた方が良さそうだな、と宗太郎は腹をくくった。

ともかく、話を聞く限りでは、まるでとらえどころのない篠田本人を捜し出すのは容易なことでなさそうだ。彼が生きていようが、死んでいようが。

（むしろ、奴の仲間を捜し出して、そいつらから篠田の消息を尋ねた方が早いのではないかな？）

そう思いついた宗太郎は、篠田と共に巴屋を訪れた三人へと、問いかけの方向を変えることにした。

これについては主に松ノ助が特徴を話し、けいが名前をつけ加える形となった。

まず、六尺近い長身で、ひょろりと痩(や)せた男は狩野十内(かのじゅうない)という名前だ。糸瓜(へちま)を思わせる異相は、ひと目見れば忘れようがないそうだ。

狩野ほどの背の高さはないが、がっしりと肩幅のある大男の大楠虎之介(おおぐすとらのすけ)は、下唇の左端から顎にかけて二寸ほどの刀傷があり、その部分だけ髭が生えない。見た目は、黄表紙にでも出てきそうな豪傑風であるという。

松ノ助に凄んだ若い男は稲垣泰三（たいぞう）で、先に聞かされた通り吃音であり、痘痕だらけの丸顔が特徴だ。

いずれも本名と限らないのは、いうまでもない。

皆で彰義隊に加わるつもりだという篠田の話が嘘でないのなら、彼らは行動を共にしたと考えるべきだろう。生き残っていれば、の話ではあるが、あるいは今も一緒なのではないか。

半刻ばかりかけて、やっとそこまで聞き出した宗太郎は、大きく息を吸い込んだ。

「おっと、肝心な話が後回しになっちまった。上野で上手いことといかなかった時に、御亭主がどこへ向かったか、だ。それについて、何か聞いてやしないか？」

「会津……かもしれません……」

「やはり会津か……」

「私が巴屋さんに連れてこられた前の夜……篠田と仲間の方が長屋で酒を飲んでいる時に、〝もしも上野が駄目でも、会津がある。かの地で立て直して、芋侍（いもざむらい）どもを迎え撃とうではないか〟——と話しているのが、耳に入りました。話していたのは、篠田です」

「…………」

会津か――と、宗太郎はもう一度胸の中でつぶやいた。はるばると奥羽や蝦夷、あるいは越中越後まで遠出することはなさそうで、それにはほっとしたものの、会津となるとまた別の意味で気分が重くなる。

江戸での彰義隊残党を始め、各地で敗北を重ねた幕軍の生き残り、それに奥羽越列藩同盟も会津に援軍を送り、鶴ヶ城を拠点に新政府軍との決戦を待ちかまえているとの情勢は、宗太郎の耳にも入っていた。そんなところへ、篠田を捜しにのこのこ迷い込もうものなら、巻きぞえは免れないように思えた。

だがしかし――もう、断るつもりがなくなっている宗太郎は、松ノ助に向いて小さくうなずいてみせた。

その時、けいが不意に口を開いた。

「あの……柏木宗太郎様とおっしゃいましたね？　お話をうかがうと、柏木様はうちの人と同じ御浪人のようですが、ずっと江戸に？」

「ああ、わかってるところじゃ三代前から回向院裏の長屋住まいだが、その前々から筋金入りの貧乏浪人さ」

「それでしたら、なぜ今でもここにいるのですか？」

「なぜここにいる……だって？　いっていることの、意味がわからないが」

けいは初めてまっすぐ宗太郎に向き、顔を見つめた。

「なぜ、篠田のように、御公儀のため戦わないのですか？」

「藪から棒にそんなことをいわれても、困る。俺はひとりで生きてきて、御公儀に義理などないと思っているからな。もちろん、薩長にも義理はない。両者の争いなど、迷惑千万でしかないさ。ただ行くところがなくて、江戸でふらふらしているだけだ」

「………」

けいは、宗太郎から視線をそらさなかった。

気の強い質なのだろうことは、その目にこめられた、冷たい怒りと侮蔑に似た色からもわかる。

「俺は、俺のためにしか戦わないよ。あんたの御亭主を捜すのも、同情からじゃない。とりあえず飯を食うためだ」

「そうですか……」

また表情を消したけいは、壁を向いた。

それを見た宗太郎は、松ノ助に向くと両掌で膝を叩いて立ち上がった。

「よし、こんなところだろう」

「もうよろしゅうございますか、柏木様？」

「ああ、これ以上はあれこれ考えていても始まらないからな」

「それでは、必要なものがございましたら、遠慮なくおっしゃってください」

いいながら、松ノ助は宗太郎を目でうながして土蔵の奥の棚に向かった。「まずは刀でございましょうな……下の段に置かれたものなら、どれをお持ちになっても構いません。預けっぱなしで音沙汰なし、今さら引き取り手のないものばかりでございますから。それに、安物ばかりで――」

視線の先の棚二段にそれぞれ三十振ほど、大小の刀が、ひとまとめに積まれていた。

柄や鞘には、誰がいつ預けたものか記された紙が巻き付けられている。下段のものに巻かれた紙は黄ばんでいたり、紙魚に食われているところを見ると、すでに流れた刀なのだろう。あるいは、何も巻かれていないものもある。

おそらく、以前の持ち主のうちかなりの者は、すでにこの世にはいないのだろうな……などと考えながら、数振を手に取り、順に抜いて眺めていた宗太郎は、ふと表情を緩めた。

「おや……？」

くすんだ朱の蠟色塗りが半ば剝げ落ちた見栄えのしない鞘、掌の膏と埃で黒ずみ元の色も判然としない柄巻、素っ気ない黒鉄の鍔、どれも見覚えがあった。

宗太郎はその一振を手に取ると、ゆっくりと抜いた。これといって何の変哲もない直刃の刃文、二尺三寸の定寸よりも短めで、刀身に薄く浮かぶ黒錆にも馴染みがある。

「お気づきになりましたか？」

「ああ、十年から前に俺が質入れしたものじゃねえか。流さないでいてくれたのか」

「買い手がつきませんでしょうから……。古道具屋に渡しても、二束三文――おっと、失礼いたしました。それでも、ふた月にいっぺん手入れはしております」

「うん、これがいい、これを借りておこう」

松ノ助に何かいわれるより先に、宗太郎はその刀を腰に差し、柄を握ったり放したりしながら、身体を左右に軽くひねった。「不思議なもんだな、長いこと触れてないのに、元から身体にくっついていたような感じがする」

「あの、重ねて失礼なことを申し上げますが、もっとましな刀もございますよ」

「抜かずに済めば、それに越したことはないさ。だったら、腰に馴染んだものの方が楽で良いよ」

「左様でございますか。それではそちらはお返しいたしますよ。篠田様を捜す手間賃のうち、ということで――脇差はいかがいたしますか？」

「いらん。邪魔になるだけだ」

宗太郎はほとんど意識せず、左手の親指を使い鯉口を切って二寸（約六センチ）ばかり刀身を押し出してはまた鞘に戻す、という行為を繰り返していた。

松ノ助は、目を細めてしばらくその様子を眺めていた。

「さすがに大したものでございますなあ……刀を腰にするや、すっと背筋が伸びて顔つきまで変わり、まるで普段とは別人のような」

「それじゃあ、普段はまるっきりぼーっとしているみたいじゃねえか」

「篠田様の件、思い切って柏木様にお声をおかけしたのは、間違いではなかったようでございますね」

「そうだ、そんなことよりも、うっかりして一番大切なことを確かめるのを忘れていた」

気楽な口調をあえて崩さず宗太郎は、相変わらず正座したまま黙っているけいに、声をかける。「なあ、御内儀。捜すのは良いがそれで御亭主が死んでいたらどうするね？」

「柏木様……！」

松ノ助が、とがめるように短く声を出した。

しかし、けいの口調は微塵も揺れなかった。

「うちの人は、死んではいません」

「なぜ、そういえる？」

「仲間の皆が、口を揃えていっていました——篠田ほどの剣の達人はいない、一緒にいてくれれば十人力、百人力だ、と」

「近頃の戦は、剣や槍より鉄砲や大砲さ。どんな剣の達人だろうと歯が立たねえ」

「それでも、篠田は生きています……必ず、生きて私を迎えにきてくれるはずです」

けいは、正座のまま身体ごと宗太郎に振り向いて、上目遣いに見据えた。

——先に視線を逸らしたのは、宗太郎の方だった。

「……まあ、ここであれこれいっても始まらない、か」

「そうですとも、それよりもお話をうかがうと、旅になることも考えなければならないご様子。手間賃の相談もございますし、一旦、母屋に戻りましょう」

それだけいうと、松ノ助は宗太郎の返事も待たず、さっさと土蔵の格子扉から廊下に出てしまった。後を追いかけようとした宗太郎は、ふと立ち止まり、もう一度振り返る。

身じろぎひとつせず、壁に向かっているけいの横顔は、相変わらず人形のそれだった。

【二】 捜し人

一

翌日から柏木宗太郎は、東京と呼び名の代わった江戸で、篠田兵庫と彼の仲間の消息を追った。

上野の山の戦いから三月ほど経ったが、町はまだ落ち着きを取り戻してはいなかった。新政府軍による彰義隊の残党狩りは続けられ、今日はどこそこで誰それが捕まっただの、首をおとされただの、人々はこそこそと噂し合っていた。逆に新政府軍の者が襲われた、という根拠のない話も幾度か耳にしたが、そんな場合の被害者は決まって薩軍である。彼らは元からの江戸の人間から、憎しみの対象になっているようだった。

そうなると、薩軍としても相手が一見ただの町人でさえ警戒を解くわけにいかず、自然、ぴりぴりとした態度にもなる。

そんな空気の中なので、戻った刀は長屋に置いて、あえて無腰を通していた宗太郎だが、それでも残党狩りに何度か誰何された。これまでにはあまりなかったことだ。人捜しの目的が、目つきに出ていたせいかも知れない。

そこでは、松ノ助から預かった篠田の証文を見せ、

「主人がこの野郎に金を貸しているんですよ。このどさくさで姿を消しちまったもんだから、捜し回っている次第で」

――と、頭を掻くと、おそらく、巴屋に雇われたごろつき程度に思われたのだろう、それ以上の大した詮索なしで解放してくれた。

けいについて興味を持つ者もいるにはいたが、あくまでも形だけのもので、実際に女房を質草に取っても仕方がない、と笑って済ませる。

逆にそんな時には、篠田たちが残党狩りの網にかかっていやしないか尋ねることにした。しかしまるで手がかりは得られなかった。

彰義隊のうち、身元のわからない死体、後難を怖れて引き取り手のない死体はしばらくの間、打ち棄てられたままにされていた。それを見かねた僧籍の者や俠客が手厚く葬ったと聞き出しそちらにも回ったが、何ひとつ収穫はなかった。

篠田が潜んでいるとしたら――と、宗太郎が目星をつけて、足を向けた色街、娼家

では、聞いていた以上に新政府軍への敵意と警戒心を抱いている者が多かった。特に薩軍の男は忌み嫌われており、金を積まれても断るのが当たり前、逆にもしも彰義隊の生き残りなら身を捨てても匿うのが、江戸の女郎の心意気だと誇らしげに聞かされたものだ。それでもやはり、篠田たちの影さえ見つけられなかった。

そんな中、一日に二度誰何してきたことから顔見知りとなった薩軍兵が、仙台堀沿いを歩いていた宗太郎の背中に声をかけてきたのは、依頼を受けてから四日目の朝のことである。

「また、あんたか」

何とも形容のしがたい筒袖風の洋装に刀を差した、ちぐはぐなその中年男の顔を見た宗太郎は、うんざりとした。

「こんた奇遇じゃねぇ」

「奇遇、じゃねえよ。お前、もしかしてやっぱり俺を疑っていて、見張ってるんじゃないのか？　もう、いっそのこと〝この男は彰義隊の残党じゃございません〟と、一筆書いてくれると助かるんだがなあ」

人懐っこい笑顔を見せる中年の薩兵に、宗太郎は毒づいた。

官軍も幕軍もなく自分勝手に生きているとはいえ、宗太郎も江戸の人間である。最近、江戸のあちこちで薩摩（さつま）の者が大手を振っているのを見るのは、あまり気持ちが良いとはいえない。

けれど薩兵は、町中から厳しい目を向けられる中、軽口をきく宗太郎に親近感を抱いたのだろう、構わずにこにこと話しかけてきた。その笑顔から、この薩摩兵はおそらく根っからの武人ではないと宗太郎は直感したが、先を急ぎたい今はかえって煩（わずら）わしい。

「捜しちょっ人は、見つかったと？」

「見つかってないから、こうして江戸中をうろうろしてるんだろうが」

「そんた良かった」

「何が、良かった、だ。お前、喧嘩（けんか）を売っているのか？」

「そうじゃなか」

薩摩兵は大げさな動きであたりを見回し、声を潜め顔を寄せた。「——昨夜、彰義隊ん残党をひとり捕れたで、あたが捜しちょっ人の知り合いかもしれん。出会（でお）うたや、そいを教えてやろうて思うちょった。無駄にならんで、良かった」

「な、何だと？　それを早くいえよ……！」

捕らえられた元彰義隊の男は、いずれ新政府軍の本部に送られ、本格的な尋問が行われるが、とりあえず今は、すぐ近所にあるかつての番屋に転がしておいた、と中年薩摩兵はいった。さらに、宗太郎をその者の縁者だということにして、短い時間なら会わせても良い、という意味の言葉をつけ加える。

　宗太郎は、松ノ助から与えられていた手間賃半金の中から、一分銀を薩摩兵に握らせた。一分といえば一両の四分の一にあたる。それまでの宗太郎にとって、久しく縁がない大金といえたが、惜しくはないと思った。

「見かけによらず、気前ん良かことじゃなあ」

　最初は固辞していた中年薩摩兵だが、結局は満面の笑みで金を受け取った。もしかしたら、最初からそのために宗太郎に声をかけたのかもしれない。

　案内された薄暗い番屋の土間には、縛られた男が薩摩兵の言葉そのままに転がされていた。それ以外には、見張りらしい薩摩兵がひとり、欠伸（あくび）を噛（か）み殺しているだけだ。

　若かった——二十を超えたか超えていないか、といったところだ。

　色が白く、腕や首筋なども細い。青年というよりも、まだ若衆髷（わかしゅまげ）が似合う少年といった方がしっくりしそうだ。年齢からいってもしや稲垣（いながき）という篠田の仲間かもしれない、とも微（かす）かに期待したが、すぐに別人だと知れた。

（こんな弱々しい男が、上野の山で新政府軍と戦っていたのか——）

　後ろ手にされがんじがらめに縛られている手首足首と、入ってきた宗太郎に向ける怯えた視線が、痛々しかった。

　宗太郎は、案内してくれた中年薩摩兵に、誓って妙な真似はしないから、この元彰義隊の青年と少しの間、ふたりきりにしてもらえないか？——と持ちかけた。

　一分銀の効力は、絶大だった。

　中年薩摩兵と見張りの薩摩兵は、小声でボソボソと話し合う。何やら、宗太郎からもらった一分で、酒を買う相談をしているらしかった。

　やがて、宗太郎に向けてうなずいた中年薩摩兵は、

「外におって、終わったや声をかけたもんせ」

と、言い残し、見張りの薩摩兵と共に、出て行った。

「——さて、と」

　宗太郎は、青年の横にしゃがみ込んだ。

「…………」

「最初にいっておくが、俺は新政府軍でも幕軍でもないぜ。どちらに味方している、というわけでもない。ただ、江戸、いや、今は東京か……面倒臭いから、江戸でいい

か……とにかく、そこいらに住んでいる者だ」

「…………」

「だから、縄をほどいて逃してもらえるなどと、甘い期待をされても無理な話でね。もちろん、それとは逆に痛めつけるような真似もしないから、安心しな」

「は、はい……」

青年の目に、安堵と落胆が混ざった、何ともいえない困惑の色がよぎっている。

「ちょいとばかり聞きたいことがあるのだが……」

「私は彰義隊にあっては……」

「いや、お前の名前や彰義隊で何をしていたか、などは必要はない。これから挙げる名前や特徴の者に、少しでも聞き覚えはないか、あるいは見覚えはないか——教えてもらえると、ありがたいのだが」

宗太郎は、篠田兵庫を筆頭に、書きつけておいた仲間たちの名前と特徴を、ゆっくりと聞かせる。

元彰義隊の青年は、生真面目な質なのか宗太郎に媚びる気持ちがあるのか、いちいち「いえ」だの「知りません」だのと、短く応えた。

（やっぱり、無駄だったかな……）

小さく息を吐いた宗太郎が、腰を伸ばしかけたその時、縛られた青年が声を漏らした。

「あ、あの……もう一度、大楠という人の特徴を聞かせてください」

「何か思い出したのか？」

宗太郎は改めて、大楠虎之介、豪傑風の大男で顎に傷、と口に出す。

「大楠虎之介という名前は、聞いたことがありません。顎の傷もわかりません。ただ、上野寛永寺から逃れる時に……大男が、誰かを叱りつけていたような……その大楠とは、別人かもしれませんが」

「もう少し、詳しく話してくれないか」

宗太郎は、大して当てにもせずうながした。

「はい。あれは黒門口あたりでした。雨の中、私たちは逃げ場を求めてあちこち彷徨っていたのですが、あそこが一番酷いことになっていて……それで清水門か谷中門へ回ろうとした時に、その男が大声を出していて、私はそちらを見たのです。『お前も一緒に会津へ行くのだ』『自棄になるな』といっていた覚えがあります」

「……それで？」

「誰に向かっていっているのかは、その大男の背に隠れて、わかりませんでした。ただ、足もとには血が点々と落ちていて……おそらく、大男が叱りつけていた相手が流した血だと思います。情けない話ですが、こんな強そうな男が自分と一緒に逃げてくれれば頼もしいのだが……と、声をかけられている者をうらやましく思ったので、覚えているのです」

「他には……？」

「そんな場所にいつまでもいては危ないですし、もとより他人に気を向けている余裕もなく、すぐ散り散りに逃げまどいました。それきりです」

その時の恐怖が蘇ったのだろう、彰義隊の若い敗残兵は、いつの間にか目に涙をたたえ、小刻みに震えていた。

まるで子供を虐めているような、居たたまれない気分になった宗太郎は、努めて優しい口調を作った。

「ありがとうよ、助かったぜ」

外に出た宗太郎は、所在なげに立っていた顔見知りの薩摩兵に声をかけたついでに、中で転がっている元彰義隊の若者はどうなるのか、と尋ねる。

「おそらく、年も若かし見るからに小物じゃっで、ごく軽か仕置きで赦さるっとじゃらせんかな……」

のんびりした言い方でそう聞かされた宗太郎は、やっと気が楽になった。

他に回ろうとも思っていた気持ちが失せて、長屋に戻る道すがら、宗太郎はいよいよ覚悟を決めた。

（こいつは、いよいよ会津かな……）

番屋に転がされていた元彰義隊の青年から聞いた話は、あやふやなものである。大男など、世の中にいくらでもいるだろう。彼が見聞きしたのが、篠田兵庫の仲間の大楠虎之介である公算は低い。それでも、江戸でこれ以上の手がかりが摑めそうもない以上、そしてその大男が会津に向かったらしいと聞いてしまったからには、行ってみるしかない。

もはや、江戸であてもなくうろついているよりも、さっさと会津に行って篠田兵庫がいるのかいないのか確かめた方が、話が早いように思えた。いなければいないで、改めて捜し直せば良い。

そんな時になって改めて宗太郎は、これまで江戸の朱引きから、片手で数えるほどしか出たことがないと思い出し、自分に苦笑した。

（なのに、何だってこんな人捜しに真剣になっているのかな、俺は）

まず、腹が減っている、そして将来の暮らしに底知れない不安を抱えているところに、松ノ助から受け取る三両もの手間賃がぶらさがっている。

切実な問題があったから、後先を考えずにこの話に飛びついたのだ。

暇を持て余している、ということもある。

篠田兵庫という男への強い興味も、宗太郎を動かしていた。

自分の女房を質草にし、またその女房が当たり前のように従っている。篠田はきっと、自分にはないものを持っている。

(ぜひとも、顔を拝んでみたいものだ。そのために、篠田には生きていて欲しいものだな)

篠田のことを考え始めると、土蔵の中のけいの横顔がちらついた。

(行き当たりばったりもいいところだが、とにかく会津に行くしかない……)

歩きながら宗太郎は、額の汗を指先で拭(ぬぐ)った。

秋らしからぬじっとりとした空気が、まとわりついた。

二

そうと心を定めた宗太郎が本所回向院(ほんじょえこういん)裏の長屋を発(た)ったのは、篠田捜しを松ノ助から依頼された五日目のこと、まだ足もとの薄暗い朝のことだ。

かねてよりの打ち合わせ通り、宗太郎は巴屋に顔を出し、旅支度を調えた。

腰に一本落とし差しにした馴染みの刀に菅笠をかぶり、小袖、股引、手甲に脚絆、旅嚢――と、それらはすべて松ノ助が用意してくれたものだ。月代を剃り髷も町人風に結ってきた。

松ノ助は、折りたたんだ二通の書状と篠田の書いた証文を宗太郎に差し出した。

「何とか町役人を捕まえて、苦労して通行手形を書いていただきました。柏木様は、巴屋の手代ということになっておりますから、お含みおきください」

「後は証文と……この書き付けは？」

「会津に篠田様を訪ねるのは、貸金を取り立てるためこの巴屋松ノ助が依頼したのだと、私が書いたものでございます。道中でとがめられた時に証文と併せて見せれば、いくらか扱いも違ってくるやもしれませんので……いや、こんな時ですから気休めにしかならないでしょうが」

「ないよりはましさ。じゃあ、な」

気短に立ち去ろうとする宗太郎を、松ノ助は呼び止め帳場で立ち上がった。

「――お待ち下さい、せめて千住までお供いたしましょう」

「質草の女を置いたままで、か？」

「勝手にいなくなってもらえれば、それで構わないのですが……」

松ノ助はため息をついた。「こちらからいくら留守を作っても、土蔵から動かないのでございますよ」

宗太郎も、自然とため息が出た。

「松ノ助さんもいっていたが、切ないもんだな……」

「はい。これはどうあっても、篠田様を捜し出していただかなければ」

「生きていれば、いいがな」

頭の中にまた、土蔵で壁を向いているけいの横顔が浮かんだ。

江戸を発った宗太郎が、これといった難事に遭うこともなく宇都宮に着いたのは、五日目の夕刻のことである。

宗太郎には、ふたりの同行者ができていた。

四日前、たまたま千住宿の茶屋で同席した初老の百姓ふたり連れが、宇都宮の先の在だと聞き出したのは、松ノ助である。そして、宗太郎を連れて行ってもらえるよう、何度も頭を下げて頼み込んだのだ。

自分の店の手代だが、浪人上がりで腕が立ち、道連れにすれば道中も心強いはず——などと、世慣れた松ノ助がいっているのが聞こえた。その上、それだけでは足りないと思ったのか、茶屋の裏の空き地まで彼らを引っ張り、宗太郎に抜刀の技を見せるように命じたのである。

松ノ助のお節介に閉口しながらも、宗太郎は久しぶりに刀身を閃かせ、光の筋が残っているうちに鞘に収めて見せた。

百姓たちも松ノ助も息を呑み目を丸くしたが、一番驚いたのは宗太郎自身だったかも知れない。長いこと手にしていなかった刀が、まるで腕の続きのように動いてくれた。身体が覚えていた——と、いうことなのだろう。

百姓ふたりは、その場で松ノ助の申し出を受け入れた。

聞いたところでは、彼らは百姓といっても暮らしぶりの豊かな豪農に属する者たちだそうで、身なりも小ざっぱりとし、訛こそあるものの、日焼けしていなければ見た目は江戸の者と変わりはない。江戸の縁者を心配して、様子を見てきた帰りだとも聞かされた。その縁者は無事だったものの、世情が落ち着くまで留まるといわれ、追い返されてしまったと、ふたりは大して気にした風もなく笑っていた。

そんな彼らの足に合わせて日光道中を北へ、新政府軍のいくつかの集団を追い越し、追い越されしながら宇都宮に到着したのである。

実をいえば道中、同行することになった百姓ふたりと松ノ助の書き付けに、宗太郎は大いに助けられた。

ところどころで新政府軍兵による誰何を受けた時、何となくもごもごといっていれば、代わって答えた百姓の、江戸の縁者だと勝手に勘違いしてもらえたのである。手形に加え松ノ助の書き付けもあり、百姓仕事に嫌気がさして江戸に出て巴屋で働いていたところを、連れ戻されたのだろう……と、思われたようだ。

ふたりの百姓もまた、まるで武張ったところのない宗太郎に好感を抱いたのか、余計なことを口にしなかった。

彼らは特に演技をする必要もなく素の言動のままであったし、宗太郎も江戸にいた時と同じく、長い貧乏暮らしで町人そのままの立ち振る舞いだったことも、新政府軍の者に大した疑いを持たせなかった一因なのだろう。

腰の刀は、護身のための道中差しで通したが、これも剝げちょろの鞘であったことが幸運の側に転んだようだ。

用心のために質屋の主人が質流れのものを持たせてくれた、といえば、それ以上は何も問われなかった。松ノ助に勧められるまま、少しは上等の刀を選んでいたら、あるいはいらぬ興味を惹いてしまったかも知れない。

道中で百姓の親戚やら知り合いやらの家に宿泊できたのも、野宿を覚悟していた宗太郎にとって望外のことだった。出される食事も、江戸の長屋でのものよりもはるかに豪華で、それだけで出かけた甲斐があったと思ったほどである。

もっとも、その返礼代わりとして、しきりに抜刀の技を披露するよう、先々でけしかけられたのには閉口した。断ることもできず、何度か刀を抜いては収めて見せると、泊まった先の家族は感嘆し、同行の百姓は宗太郎がまるで本当の縁者でもあるかのように胸を張った。そんなことも、宗太郎と百姓ふたりをうち解けさせる効能があったように思える。

出たとこ勝負で江戸を後にしたものの、ここまでは恐ろしいほどに順調な旅路である。

(これも道祖神の御加護、ってやつだな。街道の途中で見かけた時に拝んでおいて、良かったぜ)

うち解けてみると百姓たちは話し好きであり、野次馬的な気分で上野の山の戦いや、その前後の江戸の様子について、しきりに聞きたがった。

一方で彼らは、五月ほど前に起きた宇都宮での戦いやその後の趨勢について、風説も加えてあれこれと宗太郎に聞かせてくれた。

百姓たちは、それらの多くに新撰組の生き残りが参戦したと熱を込めて語ったが、そういったことと無縁で生きてきた宗太郎には、うっすらと名前を聞いたことがある程度の存在だ。

ふたりによれば、宇都宮だけではなく周辺の小山、今市、壬生、さらに日光口でも激戦が繰り広げられた末に、幕軍は駆逐されたという。会津攻めの要衝となる白河城も、又聞きの範疇ではあるけれど、双方に多くの死傷者を出しながら、今は新政府軍の制圧下にあるはずだ、とも聞かされた。

（それが本当なら、幕府方は予想以上の負け戦だな……。次はいよいよ会津が攻められるか。こいつは、ぐずぐずしていられないぞ）

新政府軍はとっくに会津を四方からやんわり包囲して、総攻撃を待つばかりだという噂は、宗太郎を大いに焦らせた。

そうして宗太郎は急かされる気持ちと、先に待ちかまえるであろう様々な困難の予感を重く胸に抱き、あちこちに焼け跡と、まだどことなく硝煙の匂いが残っているような宇都宮まで、たどり着いたのだった。

宇都宮に到着した日の午後、宗太郎はふたりの百姓と別れた。

ここから先は、ひとりで先を急がなければならない。

この地でまず、彼を不安にさせたのは、来るべき会津攻略に備えて宇都宮に集結した新政府軍の数が、宗太郎の予想をはるかに超えていたことだ。

会津総攻撃が近い——と、肌で感じられた。江戸にいて、ただ戦況を伝聞で知るだけではわからない感覚である。

（いつまでも江戸でぐずぐず歩き回らず出立したのは、正しかったようだ）

総攻撃が始まるまでに会津に到着し、篠田兵庫を捜さなければならない。それも、彼が生きてかの地に逃げ込んでいる、という仮定の上の話である。戦が始まればもう、篠田の捜索などとてもできない混乱になるだろう。

普通であれば宇都宮から先は、日光道中の今市宿から会津西街道に入ることになる。が、今はその先の日光口から、会津のすぐ手前の大内宿(おおうちじゅく)までも新政府軍であふれかえっているはずだ。

（厄介(やっかい)だな。この大軍勢の中を会津まで行くとなると、街道を外れるしかなさそうだが、それにしたって新政府軍の連中が目を光らせているに違いない。それに、そんなところを見つかれば、かえって怪しまれるだろうしな。何よりも、遠回りなどして時間を無駄に使うのも惜しい……）

良い考えも思いつかないまま、宇都宮を出た先で宗太郎は、ひとりつぶやく。

（なあに、松ノ助の書き付けに篠田の証文もある、それを見せれば何とかなるだろう……これまでと同じさ）

後になって考えれば、先を急ぐ焦りと、なまじ順調だった道中が宗太郎の判断力を鈍らせたといえるだろう。

やがて、日光街道を北に一町（一〇〇メートル余）も行かぬうちに背後から声を掛けられた。

「その御仁、お待ちいただきたい」

「……？」

振り返ると、栗毛の馬上から陣笠の男が笑いかけていた。

まるで湯上がりのような、つるりとした顔の男だ。

右腕に白布を巻き、左の腕に錦切れを縫いつけた筒袖で、新政府軍の者だとわかった。

もっとも今や、宗太郎を除いてこのあたりにいるのは新政府軍か、それとわかる地元の者しかいないのだけれど。黒い革長靴や馬に乗っているところを見ると、新政府軍でもそれなりの地位にいる者だと推測できた。

「このあたりの者には見えませんが、どちらまで行かれるつもりですか？」

「江戸の質屋の手代でございます。主人にいいつかりまして……ひとまず会津まで」

男は、宗太郎が差し出した松ノ助の書き付けを、馬上から手を伸ばして受け取り、広げることなくそのまま懐に仕舞い込んだ。

「会津へ？　それは、乱暴な話ですね」

「まだだいぶ、遠いのですか？」

「そんなことじゃありませんよ。あなたは自分を質屋の手代だといった。けれど、さっきから眺めていたのですが、目配りや足の運びは、武士のそれに思えます。会津にそのまま向かわせるわけにはいきません」

「質屋の手代になったのは、つい数日前で……有り体にいえば、武士ともいえない浪人者でね」

内心で、（しまった！）と思う宗太郎の口から、ついつい普段使いの言葉が出た。

〝刀を腰にするや、すっと背筋が伸びて顔つきまで変わり、まるで普段とは別人のような〟――巴屋の土蔵で松ノ助にいわれた言葉の記憶が、よみがえる。

貧乏暮らしのおかげで、そこいらの町人と変わらないと自分でも思っていたし、ここまでは、周囲からもそのように見られていた。それが、久しぶりの刀を腰にした時から、身体が思い出してしまったのだろう。それだけならまだしも、この数日というもの、泊まった先々で乞われるままに、居合いを披露していたこともある。立ち振る舞いが、刀を腰に差す者のそれに戻ってしまうのは当たり前だ。

(目をつけられたのも、こいつがすっかり身体に馴染んだせいか。だとしたら、皮肉な話だな)

まったく、軽率だった……と、宗太郎は唇を噛んだ。

馬上の男は、宗太郎がさっきまで百姓と一緒にいるところを眺めていたような気がする。その時点で宗太郎が元から百姓とはゆかりのある者ではないと、正体を怪しんでいたはずだ。

それなら、今さら嘘をついても無駄な気がした。

下手な言い訳はかえって事態をこじらせるだけだろう……何もかも正直に話した方が良さそうだ。

「……その浪人者のあなたが、何だって、江戸から離れたこの土地をうろついているんですか?」

「とにかく、今渡した書き付けを見りゃ、わかる。ちょいと訳あり、ってやつさ」

下馬をしないまま、男は穏やかな微笑を消さず、宗太郎にうなずいた。

「もう少し詳しく、その訳とやらをお聞かせ願いたい。この先に我らの隊が陣を張っていますので、ご同行を願います」

「いいとも」

宗太郎は、うなずくしかなかった。

この場で書き付けに目を通さないのも、最初から宗太郎を陣屋に連行するつもりがあったからだろう。

「お名前は？」

「柏木宗太郎」

「私は速水興平(はやみこうへい)といいます――では柏木さん、お腰のものをお預かりいたしましょう」

「………」

横目で見ると、いつの間にか小銃を構えた五～六人の新政府軍の兵が遠巻きに自分を囲んでいた。

皆、これまで接した新政府軍の者とは、明らかに違う顔つきと目つきだ。江戸でそうしていたように、敵意がないことを示すため冗談(じょうだん)交じりのせりふでも口にしようものなら、いきなり小銃の台尻で殴られるか、下手をすれば撃たれるかも知れない、と宗太郎は直感する。

(実際の戦場に近いと、こうも殺気立つものか……)

口をつぐむことにした宗太郎は、ごく自然な動きを意識して彼らを見回した。

兵の数人は、島津の紋が描かれた三角錐のかぶり物を頭に載せている。宗太郎は――後に、半首笠と呼ばれるものだと知った――薄い鉄でできたその笠を、江戸でも何度か見かけたことがある。それで彼ら、そして速水興平と名乗った馬上の男が、薩摩の者だとわかった。

(だが、この速水って野郎からは、薩摩訛りをまるで感じなかったな?)

宗太郎は違和感を抱きながら、刀をひとりの薩摩兵に渡した。

兵に囲まれ、歩き出した宗太郎が顔を上げると、速水の肩越しに日光連山の縁に残った陽の名残が消えかかっている。

(道祖神様の御利益は、ここまでか……)

三

「江戸の男は、初鰹のために女房を質にいるっと聞たこてあるが……ほんのこてそげんこっがあっとは、信じられんごっな」

歳は四十代半ばを超えているだろうか、宗太郎の正面の床几に腰掛けている、でっぷりと肥えた男が笑った。

その動きに合わせて、赤熊の毛が揺れた。

ゆったりと着た小袖に陣羽織、軽衫に似た紺袴に草履履きの赤熊が、この小部隊の統率者だと、連れてこられてすぐにわかった。頬をてらてらと光らせているのは、駐屯している古寺の境内のあちこちで焚かれている篝火の照り返しのせいだけでなく、酒を飲んでいるせいなのだろう。

宗太郎はといえば、後ろ手に縄を打たれ、筵の上に跪かされていた。

背後には、抜き身を提げた薩摩兵が立ち、さらにその背後には半首笠の兵が小銃を手に様子をうかがっている。

取り上げられた宗太郎の刀は、赤熊男のすぐ脇に立つ速水興平の手にあった。

今は陣笠を脱いでいる速水は、まるで目の前のことに無関心であるかのように、そっぽを向いている。

「…………」

宗太郎は、そんな速水を上目遣いに観察していた。

歳の頃は、宗太郎とそう変わらないように思える。この戦の最中にあって、きれいにそり上げた月代と、きっちりと着込んだ和洋折衷の制服姿が、不思議とちぐはぐに思わせない。

宗太郎から取り上げたものとは別に、黒い梨地塗り大小を腰に帯びていた。時々、側に走り寄る若い兵に指示を出す態度、それに立ち位置からも、やはり速水はそれなりの立場の者なのだろうと確信した。

その速水から何事か耳打ちされた赤熊の隊長が、首をひねりながら、真面目な顔つきになった。

「――やっぱい、信じられんな」

「今話した通りで、嘘はついていない。一体、何が気に入らないんだ？」

「何もかもじゃ。まこて、おかしか話に思ゆっ。三両で頼まれたからといって、戦をしじぁ真っ只中にのこのこやってくうとは、普通なら考えられなかちゅうこつ。本当は、江戸から逃げ遅れて、賊軍に今から馳せ参じごととしじぁのじゃなかのか？　あういは、こん巴屋松ノ助とやらの書き付けや質入れの証文も、秘密の連絡文かも知れん」

江戸で篠田兵庫を捜していた時、薩摩兵としばしば会話を交わしたこともあり、赤熊の言葉の意味は宗太郎にも大まかに理解できた。

「馬鹿馬鹿しい。俺は天子様にも御公儀にも義理はないよ。それに三両といえばとんでもない大金だぞ、俺にとっては」

「そん三両で、命を落とすかも知れんごっのに……か?」

そこで横から、速水がとりなす調子で口を開いた。

「きっと、柏木さんの性分なのでしょう。東京——江戸には、計算尽くでは動かない者も多いのですよ……ねえ、柏木さん」

(気安く声をかけるなよ……)

にやにやしやがって、何となくいけ好かない野郎だ、と思った。

同時に、初めてこの場から何とか逃げ出せないものか……という考えが宗太郎に芽生え、手首を微かに揺すってみた。

実のところ、さっきから縄の結び目は緩んでいた。その気になりさえすれば、手首は抜けるだろう。けれど、話次第ではすぐに解き放たれることもあるかと微かな希望もあって、ここまであえて意識しないよう努めていたのだ。

宗太郎の手首を縛ったのは、速水である。

縛られた時は、単に痛みを感じないよう親切心でそうしたのかと思った。もしくは、人を縛り慣れていないせいか、とも考えた。これまでの速水の様子を見ると、どちらかといえば後者であるように思える。普段ならそういったことは部下に任せて、指示を出す立場の者だろうから、と。

赤熊は宗太郎のそんな行動に気づくはずもなく、酔いのせいか少し呂律の怪しくなった薩摩弁で、ひとり合点するようにいった。

「してみうと、そん巴屋松ノ助ちゅうモンも、質屋の親爺のくせして計算尽くで動かん口か。もしも、その篠田兵庫とやらが見つからんかったや十両に加えて三両、合わせて十三両の大損ぞ。おなごはどしこ（いくら）で売るっか、わからんが」

「巴屋は、金などどうでもいいのさ。十両は篠田にくれてやった、女だって逃げたければ勝手に逃げれば良い、くらいに思ってるはずだ。だが、肝心の女が質草の立場をまっとうしようとしてる。篠田が帰ると、信じ切ってるからな。そうなれば、質屋としちゃあどうにもできないだろうぜ。巴屋はそのへんをすっきりさせたいから、俺を雇ったんだろう」

「ゆうとわからんな、まこてわからん」

赤熊はしきりに首をかしげながら、傍らの速水に問いかける。「速水、お前はわかあか？」

「わからなくもないですね」

「だが、やはい儂になな、こん男のいうこっが信じられんごっ」

それでまた耳打ちを交わす速水と赤熊に向かって、宗太郎はいった。

「信じられないなら、江戸の巴屋まで使いを出して聞いてみればいい。それで、はっきりするだろうぜ」

「ふざけたこっぉ……。こん大事の最中に、そげん悠長なこっぉやっとう余裕などなか。いずれにしても、お前が賊軍の一味だちゅう疑いが晴れぬ以上、ここを通すわけにんかん」

「…………」

「かといって、江戸に帰すわけいもいかん」

「じゃあ、どうするんだ？」

宗太郎の問いかけには、赤熊に代わって速水が答えた。

「柏木さんには、しばらくここに留まってもらうことになりますね。今夜、私たちでいろいろと話し合って、どうするかを決めようと思います」

「しばらく、っていつまでだ？」

「私にも、わかりませんよ。早ければ、明日の朝、ということもありえますが」

速水は口元に微笑をたたえながら、乾いた目で宗太郎をじっと見つめた。

(明日の朝……?　つまり、そういう意味か——)

それなりに名前の知れた人物ならともかく、自分のようなひと山いくらの人間なら、ろくな詮議もなしに首を刎ねられるまであるかもしれんな、と宗太郎は直感した。嘘か真か、彰義隊の残党狩りで抵抗したことを口実に、その場で斬られた者もかなりいると聞いたことがある。

ここ五日間ののんびりとした道中で忘れかけていたが、戦の真っ最中なのだ。幕軍、新政府軍を問わず皆の気持ちは荒れ昂ぶっている。何よりも、そうした方が面倒がない。

特に酔った赤熊の言動は、宗太郎にその感をより強く抱かせた。

(上手くいっても囚われ人で、会津へ行くことはままならない。それどころか、下手をすればこの世とおさらばまであるとはね。どちらも、まっぴらご免だな。それならば駄目で元々、ここでひと暴れしてみるか……)

宗太郎は、いよいよ決断した。

緩んだ縄から手を抜いて、自分に突きつけられた警護兵の刀を、いきなり奪うのはどうか?——多少の手傷さえ覚悟すれば、できなくもないように思えた。

問題は鉄砲だ。新政府軍が装備しているのはミニエー銃と呼ばれる新型小銃で、宗太郎の知る火縄銃などとは違い、弾さえ込めてあればいきなり発射できると聞いている。こちらは、運を天に任せるしかなさそうだ……いや、これだけ味方が集まった中で、近い距離からそう簡単に銃撃できるだろうか？——赤熊の大将に弾が当たることだってある。それを考えれば、引き金を絞るのを躊躇することは、大いに想像がつく。なら、試してみる価値はあるだろう。

では、後ろに立つ兵から奪った刀を赤熊の大将に突きつけて、人質に取ってみてはどうか？　肥え太った身体に酒が入っているようだから、動きも鈍かろう。これも、できなくはなさそうだ。

ことが首尾良く運んだら、山なり林なりに逃げ込んで、人質に取った赤熊を樹にでも縛りつけて逃げる——そこから先までは考えが及ばないが、今はとにかく、この陣から逃げ出すことが先決だ。

宗太郎は人を斬ったことがない。

だが、そのくらいのことなら、何とかできそうな気がした。

（……となると、問題は速水とかいう気障野郎だ。こっちが大将に迫れば、それを防ぐために横から斬りかかってくるはずだが、それがかわせるかどうか……）

目まぐるしく想像を働かせながら、もう一度、慎重な上目遣いで速水の様子をうかがった宗太郎は、しかし、思わず「あっ」と声を上げかけた。

赤熊の横にいたはずの速水が、いつの間にかその後ろに移動している。つまり、赤熊を楯にしている格好だ。

（この野郎、もしかして、大将が斬られようが構わないと思ってやがるのか？）

赤熊に詰め寄る自分が、速水の刀で斬られる姿を、宗太郎は脳裏にありありと思い浮かべた。

その瞬間、宗太郎は抵抗する考えを捨てた。

一瞬、宗太郎と目を合わせた速水は、呼吸を見て取ったのか表情を和らげて、いった。

「申し訳ないが柏木さん、縛り直させていただきますよ。寝づらいでしょうが、朝まで我慢してください。ああ、そうだ、腹も減っているでしょうから、後で塩むすびでも持ってこさせます」

（こいつ、縄が緩んでいたのを知ってやがったのか？　いや、最初から緩く縛ったのかもしれんぞ……なぜだ？）

宗太郎は手首だけでなく、腕から胴から背後に取りつく警備の兵の好きに縛らせながら、考えたがすぐに答えは出なかった。

（それでいて、今度はしっかり縛り直しやがるとは、一体何を考えてやがる？）

【三】新政府軍参謀・速水興平

一

砂利を踏む革長靴の足音に、宗太郎は目覚めた。少し片足を引きずっているような、独特の足音だ。

まだ夜も明け切らぬ濃い霧の中、歩み寄る人影は速水興平のそれだった。

「気持ちよく眠れましたか？」

「がんじがらめにされて樹にくくられたままで、気持ちよく眠れましたか、もないもんだ」

苦労して何とか胡座をかいた宗太郎は毒づいたが、窮屈な姿勢など大した問題ではない。

眠れなかった理由は、朝には首を刎ねられるかもしれない——という思いがあったからだが、そのこと自体に恐怖は感じていなかった。

武士は名を惜しみ命を惜しまず、などという考えなど、貧乏浪人の宗太郎にはもちろんない。ただ、元々人はいつかは死ぬものだと達観していたし、実際に上野での幕軍と新政府軍の戦の後に、多くの死体を目の当たりにして、死ぬってことはこんなものか……と、冷静に思ったくらいだ。

そんなことよりも、このまま死ねば松ノ助の依頼が果たせなくなる。けいがどうなるかも気にかかり、それが宗太郎を眠らせなかった。何故そこまで気にかかるのか、自分でもわからないのだが、うつらうつらとする度に巴屋の蔵で壁を見つめるけいの横顔が浮かび、目が覚めてしまうのである。

頭の芯は冴えているのに、身体全体がぼんやりとしている気怠い感覚に包まれていた。それでも欠伸をすると、秋の匂いの混ざった夜明け前の清冽な空気が肺を満たし、やっと少しはましな気分になった。

と、速水の背中の向こうから、新たな人影が走り寄ってくるのがわかった。その人影は、何やら胸前に抱えている。

「速水さぁ、いわれたものを持ってまいりました」

速水に声をかけた人影は、半首笠の若い薩摩兵だった。

制服の若い薩摩兵は、声に幼いものが残っていた。彼がかかえていたのは、宗太郎から取り上げた刀と旅嚢(りょのう)、それにひと抱えある風呂敷包(ふろしきづつ)みだと、その距離になってやっとわかった。

「ご苦労、その場で少し待っていてくれ」

一度、若い薩摩兵に声をかけた速水は、宗太郎に向き直った。「今、縄をほどかせましょう」

(おいでなすったか……!)

「腹が減っているなら、また塩むすびになりますが、すぐに持ってこさせますよ。小便(いばり)は大丈夫ですか?」

(どうせ首を刎ねるのに、小便はともかく、よく眠れたか腹は減ってないか……も、ないもんだ)

ため息をついた宗太郎は、顔を上げた。

「なあ、速水さんといったな——あんたに、ふたつ頼みがある」

「何でしょう?」

「ひとつは、俺(おれ)を斬(き)るなら、速水さん、あんたがやってくれ。どうもあんたは、腕が立ちそうだからな。下手(へた)くそにやらせてしくじると、かなり苦しむと聞いているんだ」

「ははは、改まって何をいうのかと思えば……いわれなくても、その時がきたらそうするつもりですよ、私は」

速水は屈託なく笑った。

「その時、ってもうすぐだろうが……。まあいい、それよりこっちが肝心なんだが──俺を斬ったら江戸の巴屋に使いを出して、松ノ助という主人に経緯を知らせて欲しい。あんたに預けた、書き付けにある巴屋だ。金を持ち逃げしたと思われるのは、癪だからな。それから、質草になってるけいという女には……」

「──ちょっと待ってください、さっきから……まるで、今から斬られてしまうような口ぶりですね」

「斬るんだろ？」

「斬りますよ、返事によっては、ね」

「……返事によっては？」

訝しむ顔つきの宗太郎に、速水は真顔で応えた。

「柏木さん、あなたにはこれから私と一緒に会津へ行ってもらいます。それを拒むのであれば、斬ります」

「一緒に会津へ？　何をいっているんだ？」

宗太郎は、呆気にとられた。まだ自分が浅い眠りの中にいて、夢をみているのではないか……と、冗談ではなく思ったほどだ。

「どうせ会津へ行くつもりだったのでしょう？　それでしたら、私も同道させていただく——と、いったのです」

「なぜだ？　まるで理由がわからん」

「理由なら、これから聞かせますよ。ですからとにかく、縄を解いて話を聞き終わるまで暴れないようお願いします」

「…………」

ひとまず、余計な真似さえしなければ、今すぐに首を落とされることはなさそうだ、と宗太郎は息を吐いた。その先は、どうなるかわからないにしてもだ。

一旦口をつぐんで宗太郎の様子を見ていた速水は、若い薩摩兵に振り返り顎をしゃくった。

それだけで意味が通じたようだ。若い薩摩兵は、風呂敷包みと旅嚢、禿げちょろ朱鞘の刀を足もとに置くと、宗太郎の脇に駆け寄ってしゃがみ込み、縄を苦労して解き始める。

その間、速水は宗太郎が不審な動きを見せればすぐに刀を抜けるよう目配りしながら、再び口を開いた。

「昨夜、あれから上の者といろいろ相談しましてね。柏木さんの会津に向かう理由が本当であるか否か。黒川……うちの隊長のように頭から話を信じない者や、半信半疑の者ばかりでした。いずれにしても賊軍の一味だという疑いがある以上、この戦がすべて終わるまで留め置く、不審な動きを見せれば斬る――ということになったのですが……」

「ならば、なぜ縄を解く？」

「私は、柏木さんの話を信じることにしましたから。それならば、使い途があります。昨夜、柏木さんが短気を起こさないでいてくれて、助かりました」

「――これか」

宗太郎は首を背後にひねって、覚束ない手つきで縄を解いている若い兵を示した。

「やはり、気づいていましたか」

「あれで俺が縄から手を抜いて暴れたら、斬るつもりだったんだろ？　それで、わざと緩く縛ったのじゃないかと、思いついた」

「それは、思い違いですよ。他の者に任せればきつく縛るでしょうから、それでは柏木さんが可哀想だと思っただけです。私は見た通り、情のある人間ですから」

頰のあたりに微笑をたたえる速水の冗談めいた言葉を、けれど宗太郎はそのまま受け入れる気持ちにはならなかった。

「じゃあ、なんで改めて縛り直したんだよ」

「目つきや細かい気配ですぐに気づいたのですが、まさかあそこで暴れることを考えるとは思いませんでしたから。そうなれば、こちらも情をかけるなどいってられません。遠慮なく、あの場で斬っていたでしょうね」

(少なくとも、俺が考えていたことについてはお見通しだったわけだ……)

背筋に走る冷たいものと、少しの安堵感を宗太郎は同時に感じる。

「昨夜も思ったが、やっぱり見かけによらず剣呑な男だな、あんた」

「黒川から尋問されている時に、柏木さんの使い途を思いついたもので……早まって暴れ出しやしないか、内心でひやひやしていましたよ」

速水の作ったような微笑が、また屈託を感じさせない笑顔に変わった。

「で、俺の使い途ってのは、お前さんを会津まで道案内させることか?」

やっと縄が解かれ、身体の自由を取り戻した宗太郎は、立ち上がり首を回して関節を鳴らした。「それなら見当違いだぜ。何しろ俺は、これまで江戸から出たことがないんだからな。ここまでだって、道連れがいたから何とかたどり着けたようなもんだ」

「会津への道なら、私の方がはるかに詳しいでしょうね」

速水は宗太郎から視線を外さないまま、いった。「ご存じかも知れませんが、我々官軍は、完全とはいえませんが会津を包囲しつつあり、攻め時をうかがっています」

「……らしいな」

「ただ、今や賊軍の本丸ともいっていい会津です、これまで以上に必死の抵抗を見せるでしょう。何より、会津兵は精強だ。その上、彰義隊の残党や奥羽、越後などからも続々と歴戦の兵が集まっていると聞きます。甘く見るわけにはいきません」

「噂を聞く限りじゃ、そうだろうよ………」

「現に、白河城、そしてやっと片がついた磐城平城、二本松城でさえ、こちらにも予想以上の犠牲が出ました。日光口や越後口でも、相当な抵抗を受けていますしね」

昨日まで同道していた百姓から聞かされた、宇都宮や近隣の戦の生々しい様子が胸に甦り、宗太郎はうつむいた。

「昨夜もいったように、俺には関係ない話だ」

「柏木さんには関係なくとも、我々には重大な問題です。もはや官軍の勝利は動きませんが、だからこそ、できうる限り被害を少なくしたい。新政府軍の実質的な大将、西郷吉之助(さいごうきちのすけ)はもうその先を見据(みす)えています。つまり、新しい日本をどこに導くか……そのための人材を、無駄に失うわけにはいかない。これは、会津にあって戦の外にある人々についても、いえることです」

「それと、俺の使い途ってのに、どんな関係があるんだ」

「そう話を急がず、先を聞いてください」

速水は傍(かたわ)らの大石に、浅く腰をおろした。「そんな考えもあって、会津攻めは総力戦で臨みながらも、最小限の犠牲で済むよう慎重に行いたい。そのために、敵の配置や兵力、士気などを詳細に知っておきたいのです。偵察――物見(ものみ)というやつですね」

「偵察だろうが物見だろうが、勝手にやればいい。俺は俺の用事を済ませたいだけだ」

「私は、この隊の参謀(さんぼう)です。物見と同じように、軍師といった方がわかりやすいですか？　その軍師が敵の装備や布陣、士気を直接知れば、軍に適切な指示を出せるじゃありませんか。漠然とですが、前からそんなことを考えていたのですよ」

「お前さんが自ら、会津へ潜入だと？　こりゃ、ずいぶんと大胆なことを思いついたもんだな」

縄の跡のついた左右の手首を自分で交互に揉(も)みながら、宗太郎は自分のやろうとしているぎとを棚に上げて、呆れた。

「問題は、私ひとりだけで入り込めたとして、会津の人間から信用を得られるかどうか……正直にいって自信がなかった、そこに柏木さんが飛び込んできたのですから。まさしく、奇貨居くべし、というわけですね」

速水は、何かいたずらを思いついた子供のような笑みを浮かべた。「そこで会津では、柏木さんの連れということにしてもらおうと、思いついたのです。きっと、あの質屋の書き付けや、篠田兵庫とやらの証文がものをいって皆の見る目も違ってくる」

「あれがあったって、向こうさんが信用してくれるとは限らないぜ――お前さんたちが、俺を引っくくったみたいに。書き付けや証文だって、作り物だと思われるかもしれん」

「少なくとも、私は信じましたよ」

「…………」

足の運びから、自分が根っからの町人ではないと見抜いた速水のいうことだ――と宗太郎は妙に納得し、それ以上いい返す気を捨てた。何より、この男には不思議と人を説得する才が備わっている気もした。

「柏木さんにとっても、悪い話じゃないはずです。この先、会津までは、どこもかしこも新政府軍であふれかえっていますよ。私と一緒でなければ、いずれどこかで捕えられるでしょうし、物わかりの良い者ばかりとは限りませんからね」

「会津までは俺があんたの、そこから先はあんたが俺の連れになるわけか……」

「うまくいけば、私は会津の様子をこの目と耳で探るという目的を果たせるし、柏木さんは質屋の主人や質草になった女との約束が果たせます。もっとも、会津から戻っても柏木さんを素直に江戸に帰すということには、ならないかもしれません。その場合、使いくらいは質屋に走らせて差し上げますし、働きに免じて助命を約束します」

「………」

「どうしますか？」

「どうやら、断れそうもないな」

大きく伸びをして、やっと宗太郎は人心地のついた気分になった。

宗太郎の返事を聞いた速水は腰を上げ、地面に置かれた風呂敷包みと宗太郎の刀、旅嚢に歩み寄った。

「では早速、出立しましょう。昨夜、隊長の黒川から許可は得てますが、あんな人だ、宿酔(ふつかよ)いで目が覚めたら、気が変わってうるさいことをいい出すかもしれませんからね」

「黒川ってのは、あの赤毛のふわふわをかぶった大将か。そういえば昨夜、あんたはあの男が死んでも構わないと思ったのか？　もっともそれでこっちも、あの男を人質にとるのは無駄だと悟って、暴れるのをやめにしたのだが……」

「私が黒川を楯にしたことを察するとは、柏木さんもなかなかですね」

　速水は、頭を掻いて苦笑を浮かべた。「あの男は、たまたま時流に乗って今の立場に祭り上げられているだけですよ。薩摩の片田舎で、百姓を相手にふんぞり返っているのがお似合いの器だ」

「仮にもあんたの上官だろ、そんなこといってもいいのかよ？　それとも、あの大将に恨みでもあるのかね」

「私怨など、これっぽっちもありません。ただ、これから新しい日本を作っていくのに、旧弊になりかねない俗物ですからね、あれは。むしろ、あそこで死んだ方が、維新の功労者として名が残り、本人や縁者にとってありがたいかもしれなかったですね。まあ、上の者も人間を見ていますから、心配はいらないと思いますが」

　速水の辛辣なものいいに、それ以上の会話を続ける気が失せた宗太郎は、よいしょ、と口に出して立ち上がる。

「とにかく急ぐか」

「そうですね、時間が惜しい」

提案が受け入れられ満足の笑みを浮かべた速水は、荷物を抱えたまま背を向けて砂利を踏んだ。と、数歩進んだところで速水はふと立ち止まり、振り返る。

「――そうだ、柏木さんは馬に乗れますか？」

「いや、馬など生まれてこのかた乗ったことはないが、それがどうした？」

「それはちょっと不便ですね……」

速水は眉根(まゆね)を寄せて少し考え込んだが、すぐに楽天的な調子でいった。「今さら馬に慣れさせる時間などあるわけもなし、とにかく、ぐずぐずせずに出立しましょう」

二

「面白くねぇな……」

思っていることが、つい言葉に出てしまった。

聞きとがめた速水が、栗毛の馬上から傍らを徒歩で行く宗太郎を見おろした。

「何が、面白くないのです？」

「これじゃあまるで、馬に乗った主人と口取りの下僕(げぼく)だ……」

「仕方ないじゃないですか、柏木さんは馬に乗れないのですから。こちらも先を急ぎたいところを、歩きの柏木さんに合わせてゆっくり進めているのですよ」

「そうだとしても、だ」

あちこちの縄目のあとを、ぽりぽりと掻きながら歩く宗太郎の旅姿は、ここ数日で埃っぽく薄汚れている。片や速水は、初めて会った時そのままの湯上がり男だ。

やはりその時と同じく、陣笠を頭にのせた速水が、鞍壺の後ろにくくりつけた風呂敷包みと宗太郎から取り上げた刀を、ちらりと目の隅でとらえ片手を伸ばした。

「だったら、せめて――」

速水は、馬上から宗太郎の刀を差し出した。「これを差していれば、多少は見栄えがするでしょう」

「いいのか？」

さすがに驚いた宗太郎は、その場に立ち止まった。

縄を解かれたとはいえ、囚われである身に変わりはないはずである。

宗太郎に合わせて馬を停めた速水は、しかしまるで頓着していないように応えた。

「構いませんよ。元はといえば柏木さんの刀ですし、こうなったら、お返しするのが筋でしょう」

「いや、それはそうだが……俺に刀を返して不安にならないのか、ってことさ。もしかしたら、あんたを斬って逃げるかもしれないじゃないか」

「柏木さんに、私が斬れますかね？」

「………」

大した気負いもなく平然といい放つ速水に、宗太郎は黙り込んだ。

「あなたも、ある程度は腕に覚えがあるようですね。だからこそ、私と斬り合ったらどうなるかくらい、わかっているのではないのですか？」

（確かに腕は立ちそうだが、それにしても大した自信家だな――）

宗太郎は、速水に聞こえぬ小声でつぶやいた。

速水は前を向いたまま、言葉を続けた。

「柏木さんは、人を斬ったことがないでしょう？　私は今回の大戦の前から幾人も斬っていますよ。もしもあなたが妙な素振りを見せたなら、躊躇なく抜きますから、そのつもりでいてください」

陣笠の陰になっている整った横顔を見上げた宗太郎は、こいつは間違いなくそうするだろうな――と思う。

昨夜の冷酷ともいえる立ち振る舞いが思い浮かび、人を斬ったことがあるというのも、虚勢ではないと直感できた。

「こっちは、篠田兵庫って野郎を捜し出して用事を済ませれば、それでいいんだ。隙を見つけて逃げ出そうとか、あんたとやり合おうなんて気持ちは、毛の先ほどもねえよ」

「まあ、これから仲良く道連れをお願いします」

宗太郎が腰間に刀をねじり込むのを待って、速水は馬を進め始めた。

数歩遅れて追いかける格好になった宗太郎には、そんな話をにこやかに語るこの男の正体が、何やら得体の知れない妖怪のようなものに思えてきた。

「――おっと、さっき黒川についていったことは、ここだけの話ということにしておいてください」

その言葉が、一町ばかり先に固まっている、新政府軍の兵に気づいてのことだと、宗太郎はすぐに悟った。

小休止でもしているのだろうか、三、四十人ほどの集団の中には、伸びをするようにしてこちらをながめている兵もいる。

ふたりがその場所に達するまでもなく、集団の中からすぐに、小銃を胸に抱いた四人が埃っぽい田舎道を小走りでこちらに向かってきた。

「誰にもいわないさ。第一、俺は新政府軍内のあれこれなど、どうでも良いしな。ついでにいえば、日本の行く末なんぞにも興味はない。俺が気にかけているのは……いの一番に、自分の暮らしだよ。もっとも今は、巴屋の主人に頼まれたことが――」

「しっ……！　その先は、いずれまたゆっくりと……。とにかくあなたは、黙っていてください」

気がつくと、表情がわかるほどの距離に近づいた新政府軍兵のひとりが、のんびりとした口調で叫んだ。

「おーい、あんたら味方のようだが、何者だぁ！」

「薩軍承楠隊の速水興平という者です。この者は、私の補佐の柏木宗太郎。所用があって、大内宿に向かう途中です」

速水の返答に四人は足を止め、顔を見合わせる。

やがて、ひとりが集団のもとに走り戻り、年配のひとりが、それまで中腰で構えていた小銃を肩にかけ直してから、宗太郎たちに走り寄った。

「通行手形を拝見いたします」

年配の新政府軍兵は、緊張した顔つきで言い訳のようにつけ加えた。「承楠隊の速水さんのお名前は聞いておりますし、今さらこんなところをうろうろしている阿呆な賊軍の者もおりますまいが、何分、軍規ですので」

「うん、それで良い。手形は、承楠隊隊長の黒川繁丸が書いたものだ」

「失礼しました！　どうぞお進みください！」

速水の差し出した通行手形にさっと目を通した年配の新政府軍兵は、すぐにその紙片を捧げ戻すと、先導する形で歩き出した。

その間、宗太郎は、速水の堂々とした態度に半ば見惚れていた。

二門の四斤野砲を牛に牽かせている隊の脇を通り過ぎる際、馬上から一礼する速水の威厳に、少し酔っ払ったような気分になっていた宗太郎は、何となく兵に頭を下げる。新政府軍の兵も、やはり曖昧な感じで頭を下げ返した。

「どうです？　私と同道して良かったでしょ？　柏木さんひとりじゃ、とてもああはいかない」

彼らから少し遠ざかったあたりで、速水が人懐こそうな笑みを浮かべた。

「どうやら、そのようだな。新政府軍にびくびくして、見かける度にいちいち隠れていたんじゃ、会津まで何日かかるかわかったもんじゃない。あんたの話に乗って、良かったよ」

「この先、こんなことはもっと増えますよ」

ひとりで会津に向かっていたならどうなっていただろうか……想像した宗太郎は、

いつの間にか険しい目つきになっている自分に気づく。

（宇都宮でこいつにとっつかまったのも、あるいは道祖神（どうそじん）様のお導きかもな）

そして速水の言葉通り、その先はほぼ二、三里（約八〜一二キロメートル）ごとに、新政府軍の兵に止められることとなった。

その都度、同じ手順が繰り返され、宗太郎は速水がこのあたりの新政府軍の者たちに、かなり名前が知られていることを知った。

（新政府軍の連中には、やはり俺が速水の部下だと思われているのだろうな……）

最初は面白くなかったが、速水の悠然とした立ち振る舞いに、やがて自分が配下の者になったかのような錯覚（さっかく）さえ感じることもあった。不思議なことに、それが決して悪い気分ではなかったのである。

（人の上に立つべく生まれついた星ってもんが、本当にあるのかもしれん……）

そう思わざるを得ない魅力を、確かに速水は持っていた。

その速水は新政府軍の隊を追い越してしばらく行くと必ず馬を停めて、懐（ふところ）から出した掌（てのひら）ほどの小さな帳面に何事か書き付けた。矢立（やたて）の筆ではなく、棒の先に固めた墨（すみ）がついている筆記具を使っている。後で〝ペンシル〟というものだと教えられた。

さらに、時に下馬して街道沿いの地形を調べ略図を作るなどして、先を急ぎたい宗太郎を苛立たせることもあった。けれどそんな時、速水は気配を素早く感じ取り、何ともいえない笑顔を宗太郎に向けるのだった。

「これも役目のひとつなもので……柏木さんの気が急いているのはわかりますが、焦っても良いことはありませんよ」

そんな風に柔らかくいわれると、何となくうなずいてしまう宗太郎である。

（おそらく、やつの立場なら会津総攻撃の時期の見当くらい、ついているのだろう。その上で、そういっているのだから――）

とりあえず自分の命を救ってくれたこともあるし、道連れとして言葉を交わしているのだから、それなりにうち解けて好意にも近い感情が生まれてはいる。場合によっては斬って捨てる、と告げられていたとしても、だ。

この速水興平という男に、ひどく興味を持ち始めた宗太郎は、そんな自分の心の変化が不思議なものに思えた。

（自分の隊の親分を虫けらとでも思っていた時の顔、他の隊の兵に接する時の凛とした顔……そしてあの笑顔だ。どれが本当の速水興平の顔なのか？）

三

特に問題らしい問題もなく、ふたりは大内宿まで三日をかけて到着した。

会津までは、山越えや自分たちの足を考えても、丸一日と少しあれば到着するはずだ。

道を挟んで茅葺(かやぶ)きの屋根が肩を寄せ合い整然と並んだ大内宿に着いた時分には、すっかり陽(ひ)が暮れていた。騒然とした時代でなければ、行き交う人馬で賑(にぎ)わいながらも、どこかおっとりとしたものを感じさせるだろう宿場だと想像される。その大内宿で宗太郎と速水は、ここまでの道中と同じく、野営する新政府軍の世話になった。

最後にふたりを誰何した薩軍の隊に招かれる形で、彼らが現地の庄屋から借り上げた即席の陣屋に案内される。

長いことがらくたでも突っ込んであったに違いない、母屋の北隅の埃っぽい三畳間がふたりに与えられた。それでも屋根のある部屋で寝るのは、久しぶりのことだ。

速水は、陣を取り仕切る隊長が直々に挨拶(あいさつ)をしたいということで、出ていった。宗太郎は逃走する気などなかったし、速水もそれを警戒している様子を微塵(みじん)も見せていない。

行灯(あんどん)のあかりの中、用意された鰯(いわし)の干物と漬け物、握り飯の夕食をひとり食い終わった宗太郎は、その場でごろりと肘枕(ひじまくら)になった。夜は野外で露に濡れて眠り、昼は一日歩きづめだったから、軋(きし)む板の間でも極楽の雲に乗った心地である。そこに満腹が加わったのだから、すぐにまぶたが重くなり、宗太郎はうとうとし始めた。

――と、立て付けの悪い板戸をがたがたと揺らしながら、速水の声が響いた。

これまで聞いたことのないような、鼻にかかった甘えの混ざった声である。

「柏木さぁん、開けてください」

「何だよ……自分で開ければいいだろうが」

一度半身を起こした宗太郎は返事すると、また横になった。

「両手がふさがっているんですよ」

「………」

「酒を分けてもらったのです」

「それを早くいえよ」

酒と聞いて跳び起きた宗太郎は、歪(ゆが)んで立て付けの悪くなった板戸に取りついて、強引に引き開ける。

「ここの隊長は、同じ薩軍でもうちの黒川とは大違いの上出来者だ。部下が何を求めているか、よくわかっていますよ。それでこそ、皆の士気が上がるというものですよ」

速水が、五合ほど入っていそうな壺を両手で慎重に抱え、抜き足差し足で入ってきた。宗太郎は、茶殻の滓が底にこびりついている欠け茶碗の二口を膝前に揃えると、胡座をかき直す。

「酒なんて、久しぶりだ」

宗太郎は、それほど酒好きというわけではない。そもそも金がなかったため、酒を口にする習慣はなかった。けれど、今は無性に飲みたい気分だ。ここ数日のあれこれで気疲れしていたのだろう。心の疲労が、酒を欲していたのである。

「これだけでも、私が一緒で良かったでしょ？」

すでに飲まされ酔っていた速水は、口調も上機嫌でくだけたものになっている。

「あんたと、こうやって差し向かいで呑むことになるとはね。宇都宮じゃ、思いもしなかったよ」

濃厚な味と香りの酒だった。

喉を鳴らしてそれを呑む宗太郎を、目を細めて見ていた速水は、しみじみとした口調でいった。

「薩摩の連中は何かといえば芋の焼酎ですが、私はあれがどうも苦手でしてねぇ」

「それにしても、大した歓待ぶりだな。この隊の連中も半分は外で寝ているってのに、俺たちはこうして屋根のある部屋をあてがわれ、その上、酒まで振る舞われて……速水興平様々といったところだ。実際、あんた新政府軍の中じゃ、意外な大物なんじゃないのか？」

「とんでもない。これから敵地に潜入するってことで、哀れに思われてるだけでしょうよ」

速水の手を振る仕草が、酔いのせいで大げさなものになっていた。

「剣の腕前は誇らしげな割には、変なところで謙虚なんだな」

「そりゃ、新政府軍とはいえ武士に違いはありませんからね。剣については、誇って当たり前でしょう」

茶碗酒を、またぐびりと喉に流し込んだ宗太郎は、ずっと心の底にこびりついていた疑念を、さり気なく尋ねた。

「なあ、速水さん——あんたは一体、何者なんだい？」

「ですから、あちこちでいっているように、東征軍薩摩承楠隊の参謀ですよ。前にもいった通り昔でいえば軍師ってところですが、実際は……何でもかんでも……今回の会津行きのように、間者の真似事までやる。自分でも、あまり胸を張れない仕事ですが、それもこれも、この日本という国の未来を思えばこそで——」

「いや、俺が聞きたいのは、そんな立場や身分なんかじゃなくて……あんた、まるで訛りがなくて、薩摩の人間ではないように思っていたんだ。本当は一体、どこの者なんだ?」

「江戸ですよ。四谷の生まれです」

速水はさらりと答えた。「私は御家人の倅でしてね……ずっと、江戸で育ちました」

「じゃあ、何だって薩摩の世話になってるんだ」

「愚問ですね。少し考えれば、日本はこのままではいけないと、誰にだってわかります。メリケンの開国要求に唯々諾々と従った弱腰な徳川幕府に舵取りを委ねたままでは、日本は必ず滅びるでしょう。アヘン戦争で英国に屈した、お隣の清国を見てごらんなさい」

「そういった青臭い話は、苦手だな」

けれど、速水は止まらなかった。

「開国の結果についてはともかく、日本がひとつになって、西洋列強に伍する新しい国家を作り上げることが肝要であり、急務なのです。けれど徳川は頼りにならないとなれば、薩長しかないではありませんか。そこに気づいた私は、家を飛び出して薩摩屋敷に出入りするようになり、西郷吉之助先生の薫陶よろしく……聞いていますか、柏木さん？」

　これも酒の勢いなのだろう、いきなり立ち上がらんばかりに熱弁を振るう速水に、宗太郎は鼻白んだ。

「とにかく、江戸者で御家人の倅のあんたが薩軍にいる理由だけは、わかった」

　さっさとこの話題を終わりにしたかった宗太郎は、またごろりと肘枕の姿勢をとり、酒をひと口流し込んでいった。「だが、日本がこれからどうなるかなんて話の方は、やはり俺には関係ないな。考えたこともないし、考えたくもない。これっぽっちの興味もない」

　俺には関係のない、どうでもいい話さ……と、宗太郎はもう一度口の中でつぶやいた。

　それよりも、酔った勢いもあるのだろうけれど、過激とも思える言動が速水興平の新たな一面として彼の印象に加わり、宗太郎にあれこれ考えさせる。

　もちろん、人は複雑な面を併せ持ち、それが個性を形作っている。それでも速水は、あまりにもつかみどころのない人物に思える。だからといって、これ以上、彼に踏み込む気もない。ただ成り行きから、こうして行動を共にしているだけで、事さえ済んでしまえば別々の道に分かれる男になるはずだ。

おそらく、数年に一度くらいは、思い出すこともあるかもしれない——それも、会津で篠田兵庫の消息を摑み無事に江戸へ帰れれば、の話ではあるが。

一方の速水は、宗太郎の態度から調子に乗りすぎた自分に気づいたのか、少しの間黙り込むと、打って変わった穏やかな調子でいった。

「——では、次はこちらの番です。柏木さん、あなたは何者なのですか？」

「尋問の時にいった通り、質屋に雇われた貧乏浪人さ」

「浪人ねぇ……本当ですか？」

「何も嘘はいってないぜ。あんただって、信じたといってたろ」

宗太郎は、心底面倒臭そうに応え、速水に背を向けた。

「その質屋に頼まれて、篠田某とやらを捜し出す、それはわかりましたし、信じました」

「お前は、酔うとしつこくなって相手にからむ、質の悪い酒のようだな」

しかし、速水はまたしても宗太郎の言葉を無視して、問いを重ねた。

「その仕事は、金のため、生活のためだといいましたね？」

「ああ、それがどうした？」

「……だったら、金を出せば我々新政府軍に、あるいは幕軍にでも加担しましたか？　江戸にいて、機会がなかったとはいわせませんよ」

　酔っていると思いこんでいた速水から、不意に冷静な口調で尋ねられ、今度は宗太郎が黙り込んだ。「飯を食うだけなら、そうすれば良かった。命を捨てる覚悟をすることに変わりはないのなら、なぜ戦ではなく、質屋に頼まれて会津なのですか？　それが私には、どうにもわからない」

「巴屋――質屋の親爺には、つまらんものでも質草に取って、金を貸してくれた恩があったからな。だが、徳川家や薩長に恩はない。いや、たとえ恩があっても俺は意気地がないから、戦なんてまっぴらだ」

「ご冗談を。自分から、巻き込まれてるじゃないですか。会津に向かえば、こうなることくらい、わかっていたでしょうに」

　速水は快活に笑った。

　宗太郎は笑わなかった。

「それに、意気地がないってのも嘘ですね。だったら宇都宮の時に、逃げようと考えなかったはずでしょう」

「うるせえな……あの時は身体がすくんじまって、動けなかっただけだ。やはり意気地がないのさ」

と、速水は茶碗を手に、横になった宗太郎の正面に回り込み、顔をのぞき込んだ。

「――ねえ、柏木さん、これも何かの縁ですよ。その質屋へ恩とやらを返したら、私と共に働きませんか？」

考えもしなかった言葉に宗太郎は身体を起こすと、相手をするのも馬鹿馬鹿しい気分で吐き捨てた。

「何をいい出すかと思えば……やっぱりあんた、酔ってやがる」

それでも行灯の淡い明かりを受けた速水の表情に、笑いの筋はなかった。

「酔ってはいますが、冗談でいっているのではありませんよ。どうせ、この一件が片づいたら暇になるのでしょ？」

「いっている通りの、貧乏以外にこれといった取り柄のない、つまらん浪人者だぞ。両三日一緒にいただけで、そんな無茶苦茶なことをよくいえたもんだ。あまり、人をからかうなよ」

「両三日も観察していれば、それで十分ですよ。役目柄、人を見る目はあります」

「よくいうぜ」

鼻で嗤った宗太郎だが、速水は食い下がった。

「何よりも、宇都宮での尋問の時、生きるか死ぬかの瀬戸際だというのに、あなたは冷静だった。刀を抜かなくとも、腕が立つことも立ち振る舞いからわかりますよ」

「だから、あの時は身体がすくんで――」

「柏木さんが、これまで新政府軍にも幕軍にも与しなかった……色がついてないところも買っています」

速水は、さらに膝でにじり寄った。「江戸で生まれ育ち、庶民の機微に通じているところも好都合だ。この先、薩長を中心とした新しい政府が江戸の人々も治めることになりますが、これまでの御公儀のやり方に慣れている人々が、素直に従うとは思えません。新政府と庶民の仲立ちができる、柏木さんのような方が必要になります」

「………」

「江戸育ちの私がこの薩軍で重用されているように、柏木さんにも働きどころがいくらでもあるはずだ。少なくとも、暮らしは保証され、その日の糧に窮することはなくなるでしょう。悪い話じゃないと思いませんか？　それも勝ちが決まっている側が誘っているのだから、またとない機会じゃないですか」

以前、どこかで似たような問いかけをされたな……と、宗太郎は思う。

（もっともあちらは、滅びつつある徳川へ助力しなかったことを責めていたのだが

――）

自分をとがめた女の横顔が、ちらついた。

宗太郎は、その面影（おもかげ）を振り払おうと、茶碗に半分ほど残った酒を喉に流し込んだ。

「確かにこの先、あんたのいうような世の中になるかもしれないな……。だが、まあ、やめておこう」

「なぜ？」

空茶碗を置いた宗太郎は、ひとつ大きな息を吐くと、自分でも意外に思えるほど静かな声で答えた。

「あんた、俺を買いかぶり過ぎだよ。貧乏浪人のまま、流される生き方が好きなんだ。あんたのいうような世の中になっても、おそらくそうやって生きていくだろうよ。お上のために働くなんぞ、まっぴらだ」

「質屋のためには働いても、ですか」

「単に、気に入るか入らないかの話さ。自分を高く売るための駆け引きでもなければ、遠慮して断ったわけでもない。この質屋の一件は今さら仕方ないが、面倒なことは避けてきたし、やりたくないものはやりたくない」

きっぱりといった宗太郎に、速水はやっと引き下がった。

「――わかりました。そこまでいうのなら、無理強いはしません。けれどその気になったら、いつでも私に声をかけてください」

「それより、久しぶりの酒で、俺もずいぶんと酔っちまったよ。もう寝るぞ。明日も早いのだろ？」

「では、私も寝ることにします。ひとりで酒を飲んでもつまらない」

「それが良い。あんたにとっちゃ、これから敵のまっただ中に潜り込もうってんだ。酒はほどほどにして、ゆっくり身体を休めておくべきだな」

いいながら宗太郎は横になり、目蓋を閉じた。

すぐに速水の寝息が聞こえた。

（やけに寝付きの良い野郎だぜ。これも戦に慣れているせいかな）

しかし宗太郎は、すぐには眠れそうになかった。

【四】道連れ

一

宗太郎は、ごろた石だらけの沢の縁で立ち止まった。

木々の梢の間を傾きかけた陽をまぶしそうに見上げ、八つ時（午後二時頃）を過ぎたあたりか……とつぶやくと、手ぬぐいで首の周りの汗を拭く。

振り返ると、崩れかかって岩がむき出しになり、ところどころ苔で滑る斜面を、速水がおっかなびっくりの足取りで降りていた。

「おい、さっきから何をぐずぐずしてるんだ」

「洋装に慣れてしまうと、この格好はどうにも……。特に、こんな岩だらけの足場が悪いところでは……久しぶりに草鞋を履いたものですから、緒が食い込んで歩きづらいやら、緩めれば緩めたで脱げそうになるやらで」

やっと追いついた速水は、袴の土を払いながら、言い訳を口にした。

今の速水は、大小こそこれまでと同じものだけれど、薄汚れた小袖と擦り切れた袴、履き古し指先に穴の開いた紺足袋に、草鞋を履いた姿だ。これまで載せていた陣笠も、菅笠に代わっている。

「俺は洋装などしたことがないから、違いがわからんよ」

「それだけではなく、このところ馬にばかり乗っていたもので、鞍擦れができて股から尻からひりひりと痛むのです」

宗太郎は菅笠を脱ぐと、河原の石を重しにしてその場に置いた。

「俺だって江戸から出たことがなくて、こんな山深いところは初めてなんだぞ。まあ、いい……この辺でひと息入れよう。後はもう、この山ひとつ越えるだけなんだろ？」

「ええ、そのはずですが……」

「どうせ今日中には会津まで行けないだろうから、この先はあんたに合わせて進むことにするかな」

「助かります」

腕で額の汗を拭った速水は腰の大小を抜き、菅笠の顎紐を解きながら宗太郎の横で座り込んだ。

山間の沢沿いにもかかわらず、じっとりと湿気を含んだ風が、ふたりの頬に鬱陶しくまとわりつく。

「しかし、もう秋だというのに、こう暑くちゃたまらんな。北へ向かったはずなのに、下手すりゃ江戸より暑いんじゃないのか」

宗太郎は、のしかかるような頂の向こうに傾く陽に目を細めて、帯を解いた。

「何の真似ですか？」

怪訝な表情の速水に向けて、にっと子供の顔つきを作った宗太郎は、さっさと下帯だけの姿になり、幅が一間（約一八〇センチ）ばかりの沢にじゃぶじゃぶと入っていった。

「あんたも入ればいい、さっぱりして気持ちが良いぞ」

「いえ、私は遠慮しておきます」

「泳げないのか？　心配するな、膝までしかない」

流れの中で胡座をかいて、両手ですくった水を身体にかける宗太郎に、それでも速水は首を横に振り苦笑を浮かべるばかりであった。

街道を迂回して立ち入った、小田山のふもとに取りついたところだと、速水から教えられていた。小田山は一千二百尺余り（三七二メートル）で、さして高い山とはいえない。樹木に覆われうっそうとした山頂の向こうは、もう会津の町のはずだ。

ふたりは、樵夫と猟師しか使わないだろう、けもの道を登っていた。以前に会津から逃げ出した者から速水が聞き出したという、隠れ道である。

まだ自分以外は新政府軍の誰もこの道を知らない、出くわすとすればこの山を生活の場にしている地元の者か、会津の物見くらいだと、速水はいった。ならば、新政府軍の態はいかにもまずい――それが、大内宿を出てすぐ、風呂敷で運んできた浪人風の服装に、速水が着替えた理由である。

大内宿から会津の町まで会津街道を行けば五里、一日も使わず到着する距離だ。けれど、新政府軍でひしめいているはずのその道を素直にやってきたとなると、会津の者からはあまりにも不自然に思われるだろう、という気持ちがまずあった。

加えて、新政府軍も兵をこの山へ出している公算もある。

新政府軍は、会津攻撃の重要拠点のひとつとしてこの小田山に注目していることを、速水は立場上知っていた。いずれ薩摩、肥前、大村、松代各藩の連合軍によって十五門の大砲が据え置かれることになる。それを考えれば、新政府軍の者がいても不思議はないだろう。会津の中心部まで小田山でも最短距離の道を行けば、その者たちと遭遇するかもしれない。

そのようなことになっても変装した速水が身分と目的を説明し、通行証を見せれば済む話ではある。けれど、出会い頭に勘違いされて襲われないとも限らないし、名前が知られているとはいえ、速水の身分を照会するのに、思わぬ時間を食うおそれもある。

それを嫌ったふたりは用心を重ね、熊笹が生い茂った斜面に細く通った大回りの隠れ道を選び、名も知らない沢に出たのだった。

会津に潜入するにあたって、宗太郎はこれまで通り質屋の手代という身分で良いが、速水は上野の山で一敗地にまみれた後に、巴屋の土蔵に匿われていた元彰義隊の者を演じることになっている。

ぬかりのないことに速水は、投降した元彰義隊の栗林弥八郎という自分に背格好の似ている人物になり切り、素性を頭に刻んでいた。

会津の兵に見とがめられたなら、宗太郎が篠田を捜しに会津まで向かうと聞き、自分もかの地で最後の一戦を交えるべく同道を申し出た。そして、ここまで新政府軍の監視を苦労してすり抜けて何とかたどり着いた——と、主張する筋書きになっている。

もしもの時に、宗太郎の持つ篠田の証文や巴屋の書き付けが、助けになってくれるかどうか……。こればかりは、運否天賦というしかない。

「それにしても、上手く化けたもんだな。どこからどう見ても、今まで身を潜めていた彰義隊の敗残兵だ。栗林弥八郎……だったか。この先は、人前ではそう呼ぶことにするよ」

沢から上がり、手ぬぐいを乱暴に使った宗太郎は、疲労の色を浮かべながらも例の帳面にペンシルを使っていた速水の隣に腰をおろし、からかうように笑った。

「江戸で浪人だった柏木さんの折り紙つきとなると、えらく安心しますね」

速水は、帳面を懐に突っ込んだ。

ひたすら足場の悪い道ともいえぬけもの道を登ったことで、汗に混ざって土埃やら秋草の汁やら実やらがへばりつき、擦り傷と髷の乱れも加わった外見は、命からがら江戸を脱出した元彰義隊そのもので、生々しさはこの上ない。

「擦り切れかかった足袋の爪先に穴が開いて、親指が半分覗いているところなんぞは、実に芸が細かいもんだ」

「これだから、草鞋は歩きづらくて嫌になりますよ」

「ところで、その袴――」

宗太郎は、速水の袴を横目で見た。「ずっと気になっていたんだが、その染みは血の痕か？　まさか、死体から剝ぎ取ったもんじゃなかろうな？」

速水の袴の左太腿から足首まで、ほぼ足全体に、光の当たり具合では気づかれない程度の染みが、うっすらと広がっている。まるで右足と左足、別の生地でこしらえたような袴だった。目をこらすと、左の太腿のあたりには、小さな穴を丁寧に繕った跡が見て取れた。

さすがに嫌なものを感じたのか、ここまで愛想が良かった速水も、眉をひそめ唇を尖らせた。

「部下が用意したものですから、そんなことまでは知りませんよ。たとえ前の持ち主が死んでいたとしても、洗濯はしてありますから、私は気になりません」

「汗でその洗濯も台無しになったな。せめて、俺のように、身体を冷やせば良いのに」

と、不意に速水が顔を上げた。

「――やっぱり私は、柏木さんを信じることにしました」

「何だよ、藪から棒に」

昨夜の話の続きか？　……と、宗太郎はうんざりし、身構える。

今朝からふたりは、大した会話を交わしていない。険しい山越えで、そんな余裕もなかったし、何よりあの会話は酒の酔いと夜の暗さがあってこそのものである。話の続きをするには、速水も素面では気恥ずかしいだろう。

その速水がいつもの人懐こい笑顔を作り、宗太郎に向けた。

「このあたりはもう、会津の勢力下にかかっています……そこにきて私は、もたもたしている。もしも、柏木さんが賊軍に加勢するつもりの者ならば、とうの昔に私を置き去りにしているはずでしょうから」

「おそらく、そうしただろうな」

「けれど、柏木さんはそうはしなかったし、その気配もまるでない。やはり、私の人を見る目は正しかったのだな……と、嬉しくなりました」

「今のところは、な。いよいよとなったら、豹変するかもしれんぞ」

「逃げたら、斬ります――これは、いってありましたよね。ここ数日で多少は親しくなりましたが、気持ちに変わりはありませんよ」

一瞬、笑いを消した速水は、すぐにまた表情を和らげ、話題を変えた。「……ところで会津の町で篠田兵庫が見つからず、死んだ証拠も掴めなかったら、どうなさるつもりですか?」

「どうなさる、って……会津でできる限りの篠田の手がかりを集めて、跡を追うしかなかろうよ。今、幕軍がいそうな場所は仙台か、それより北か……」

少し思案を巡らせた顔つきになった宗太郎は、ため息混じりに続ける。「そもそも、篠田が最初から江戸を出ていない、ということも考えられる。そうとわかったらどうするか、だな……振り出しに戻っちまうが、それはまた考えるさ」

「その時は、私も新政府軍の中で、どこかで篠田兵庫らしき者が捕らえられていないか……処刑されたり、それらしい戦死した遺体がなかったか、調べさせましょうか？」

「心遣いには感謝するが、ずいぶんと日も経っていることだし、無駄な手間になりそうだな……。それに、手がかりが会津になかった時は、せっかくここまで来たのだからすぐに江戸には帰らず、先に仙台や北越へ回ってみようと決めてはいるんだ」

「でしたら、私もついていきますよ。会津の北も、すでに新政府軍が陣を敷いています。私が一緒でなければ、いつかは捕らえられてしまいますよ」

親切過ぎる——と、宗太郎は思った。

ほんの短い間だが、この速水興平という男と寝食を共にして酒まで飲んだ。それでこの男が、意外に人の善い一面を持っているのかも知れないとは思い始めている。

それにしても、自分に対して余りに親切の度が過ぎる気がした。

（こいつ、会津よりも俺に興味があるんじゃないか？　だとしたら、狙いは何だ？）

昨夜、酔って新政府軍への参加を、自分にしつこく勧めた記憶がよみがえる。

（俺はきっぱりと断ったのだがな……）

とにかく、速水の提案がありがたいことは確かだ。細かいことは先で考えるとして、宗太郎は素直に受け入れることにした。

「そうしてもらえるなら、ありがたいが……あんたは、会津の様子を知らせるため、隊に戻らなくてもいいのか？」

「その時は、使いをしてくれそうな者を探せば良いでしょう」

「使いか……実は、朝から考えていたことがあってね。俺もひとつ、使いになってみるのもいいかな、ってさ」

下帯が生乾きであるにもかかわらず、宗太郎は小袖（こそで）を羽織りながら速水に向いた。

「どういう意味です？」

常に先手を熟考しているような速水にとっては、予想外の申し出だったようだ。珍（めずら）しく、声を大きくした。

「あんたは俺にくっついて、わざわざ危ない目を見るかもしれない会津までついてくることもないんじゃないのか？　俺ひとりが会津まで行って、戻ってきたら見聞きしたことを教えてやるよ。あんたは、このあたり――いや、何なら大内宿まで戻って待っていれば良い。俺が使いになる、ってのは、つまりそういうことさ」

速水の目が、一瞬、宇都宮の手前で宗太郎を見咎めたそれになったが、またすぐに柔らかさを取り戻す。

「突然、何をいい出すんです、今さら」

「俺ひとりの方が身軽で、あんたのことを気にせず動けるんで、ありがたいんだがな。それに前からいっているが、幕軍、新政府軍、どちらにも義理なんかないから、見たまま全てをそのまま話してやるよ」

それでしばらく、速水は口をつぐんだ。

その間に宗太郎は袴の紐を結び終え、また腰を下ろして口を開く。

「あんたの考えてることくらい、わかるさ。向こうで俺をひとりにさせれば、途中で見聞きした新政府軍の様子を話すかもしれない——だろ？」

「話しても構いませんよ。こちらの様子を少しばかり知られても、どうということはありません」

いってから、何事か思案を巡らしていた速水は、つけ加えた。「そんなことより、江戸から会津まで、たったひとりで隠れ道を抜けて何とかたどり着いたというのは、あまりにも不自然です。それでは柏木さんが、新政府軍の放った〝狗〟だと、無用の疑いをかけられるかもしれない。だったらふたりで協力して来た、という方がまだ信じてもらえるのではないですか？」

「ひとりがふたりでも、不自然さに変わりがあるとは思えないけどな」

「そういわれてしまうと……」

冷静な参謀の表情になっている速水に、宗太郎は話しかけた。

「あちらで篠田兵庫が見つかろうが見つからなかろうが、必ず一度、戻ってくるさ。そのまま姿をくらます、なんて真似は誓ってしない。あんた、俺を信じると、ついさっきいったばかりだよな？」

「そこは信じてますよ。けれど、柏木さんに戻るつもりがあっても、戻ってこられなければどうします？　会津の者が、ひとりでやってきた柏木さんの話を素直に受け取ってくれない時は？　会津に、留め置かれたら？　――篠田やその仲間を捜す動きが、誤解されることも大いにありえます」

やはり慎重な男だな、と思いながら宗太郎は立ち上がった。

「そんなことまで考え始めたら、きりがないさ。まあ、何とでもなるだろうよ」

「それでもやはり、私が一緒に行くべきでしょう」

「今すぐ決めなくても、いい」

「そう……ですね、今の話は少し考えさせてください」

速水も立ち上がり、大小を差し直した。「山に入る前から、私のせいで遅れてしまいました。今夜の目的地まで、急がなければなりません」

目的地とは、この先の頂上の手前にあるはずの小屋のことだ。

これも、会津から逃げ出した者から速水が、隠れ道と共に聞き出したものである。

二

宗太郎は、ところどころ両手まで使って雑木林の中、延々と続く急な上りのけもの道をやっと乗り切った。ここまでくればもう、頂上は間近である。

(あれだな……速水がいっていた小屋は)

急勾配(きゅうこうばい)がひと息ついた先の、少しばかり開けた平坦(へいたん)な場所——尾花(おばな)が生い茂った向こうに、板きれを雑に組み合わせただけの、半分朽(く)ちている小屋があった。

小屋というより腐(くさ)った板の寄せ集めといった感じだが、とりあえず道には迷っていなかったのだと、ひと安心できた。

立ち止まった宗太郎が振り返ると、足の下のかなり離れた場所で、腰を折り両膝に掌(てのひら)を置いて、ぜいぜいと荒い息をつく速水の菅笠が、薄暮(はくぼ)の中で揺れている。

「——お前のいっていた小屋があったぞ。俺が先に行っているから、あんたはそこでひと休みしてからでいい」

声をかけた宗太郎は、茂った尾花をかき分け、大股（おおまた）で小屋に近づいた。

おそらく、日のあるうちに帰れなくなった猟師、山菜採りが、一夜を過ごすためのものなのだろう。入り口は戸板を立てかけてあるだけという、しごく簡単な造りだった。雑に打ち付けられ隙間（すきま）だらけの壁板には、得体の知れない植物の蔓（つる）が這（は）い回っている。

宗太郎は入り口の戸板をずらし、内部に足を踏み入れた。

床板はなく土が剝（む）き出しの地面の中央には、浅い凹（へこ）みがある。染みついた焦（こ）げ跡から、囲炉裏（いろり）代わりに使われていたものだと思われた。

（これじゃあ、単なる板囲いだな。それでも、屋根があるだけましか……）

壁と同じく、やはり隙間だらけの板屋根を見上げた宗太郎は、旅嚢（りょのう）と菅笠を隅（すみ）に置くと再び外に出た。

小屋の裏の茂みで拾い集めた小枝と、抜いた刀で刈った蓬（よもぎ）を抱えて戻った宗太郎は、それを燃やして棲（す）みついていた虫を追い出した。

その時やっと、速水が小屋に入ってきた。

「足手まといになって、申し訳ありませんでした……」

「そこの頂を越えれば、会津の町が見えるはずだぜ。明日の夜明け前に出れば、午前（ひるまえ）には着くと思う。飯を食って、さっさと寝よう」

「そうですね」

腰をおろした速水は自分の旅嚢を探り、ふと、いたずらっぽい笑みを浮かべる。

「……柏木さん」

「何だ？」

「これ——」

薄暗闇の中、速水が取り出した藁打ち（わらう）の槌（つち）のようなものに、宗太郎は煙を透（す）かして目をこらした。

「酒か？」

「はい。せっかくなので、大内宿にいた友軍から、出がけに酒をもらっておきました。五合……いや、もう少しあるかな？」

速水は包みから抜き出した褐色（かっしょく）のガラス瓶の首を握り、左右に振って中を透かし見た。「割れなくて良かった。キルク栓も少しばかり緩んでいて、危なっかしく思っていたのですが、こちらも外れなくて幸いでした」

「呆（あき）れたやつだな。荷物になるのに、置いてこなかったのか？　そんなもんを大事に持っているから、気になって上手く登れなかったんだろうよ」

煙越しに眉をひそめて見せた宗太郎に、速水は一拍置いてにやりと笑った。

「それから、ついでにこんなものも貰ってきましたよ」

速水は旅嚢の中を探って、取り出した油紙の包みを開いた。

銅銭ほどの大きさで見た目はごく小さな煎餅、といった感じの茶色の円盤がざらりと現れた。手にとって見ると、中央には薩摩藩の紋なのか、十の字に刻みが入れられている。

「何だこりゃ？」

「麵麭……西洋人がパンだのブレッドなどと呼んでいるものを真似て作った、薩摩の蒸餅です。小麦粉と砂糖と塩を練って焼き固めたものですが、かさばらず日持ちもするので、戦の時には重宝しますよ」

「いろいろと考えるものだな……」

なるほど、こんなちょっとした備えでさえ違うのだから、幕軍が押されるのも不思議はない……と、宗太郎は掌に置いた蒸餅を眺めた。

「どうです、この蒸餅を肴に――」

少し考えてから、宗太郎は応えた。

「気が利いている、といいたいところだが今夜はやめておこう。酒が入ると、あんたは煩くなるからな。明日は会津の町に入るし、静かに眠らせてくれ」

宗太郎は、顔の前の煙を手で払った。

不満そうな顔つきになった速水だが、すぐに気を取り直したようだ。

「……それなら、この酒は小屋のどこかに隠しておきましょう。それで、互いが会津で用事を済ませた帰りに、飲み交わしませんか」

「それがいい」

こいつ、やはり一緒に会津の町まで行くつもりか……と、思った宗太郎だが、すぐに反対はしなかった。

宇都宮での一夜以来、ここまでこれといった危険に遭わず自分がこられたのも速水のお陰だ。それに、下手な説得は、流れ次第でまた昨夜の話の続きになりかねない。新政府軍にしつこく誘われるのも煩わしいし、とにかく今夜は余計なことを考えたくはなかった。

ふたりは小屋に充満した煙に咳き込みながら、味気なく蒸餅を食い、余計な話もせずそれぞれ横になった。昨夜はあれほど饒舌だった速水が素直だったのも、彼がぼやいていた通り、久しぶりの武家姿、それに鞍擦れを抱えてけもの道を苦労して登り、ひどく疲労していたせいだろう。

　そして、当の宗太郎も自分でも気づかぬうちに、泥のように眠り込んでいた。


「…………」


どのくらい眠っていただろうか、秋の肌寒い空気の中、宗太郎は目を開いた。

まだ夜明け前だ。

すっかり煙のおさまった燃え滓の向こうで、速水も目覚めた気配がする。

「柏木さん……」

「うむ……酒など飲んで、だらしなく寝込まなくて良かったな……」

声の硬さで、速水も気づいていると宗太郎は悟った。

生い茂った尾花を、強引に掻き分ける音がかすかに伝わってくる。

それも、ひとりのものではない。

音を立てぬよう腹這いで肘を使って壁際に移動した宗太郎は、入り口に立てかけてある戸板の隙間から、外をうかがった。

　乳白色の靄の中、半町ばかり離れた場所に人影がみっつ、大して警戒していない様子の足取りで、こちらに近づいてくる。

中央の人影は、背丈よりもほんの少し長いだけの手槍を杖代わりにしているのがわかった。

「見たところ、新政府軍の者ではないようですが……何者でしょうか？」

やはり腰を屈めて壁板の割れ目に顔を近づけていた速水が、声を潜める。「猟師や樵夫とも思えませんね……となると、会津の物見かもしれない――」

「となれば、今度は俺の出番か……」

立ち上がった宗太郎は、刀を腰に差した。

「念のため、私も行きましょう。話し合いは、柏木さんにお任せします……」

宗太郎に倣って、速水も自分の大小を手元に引き寄せた。

宗太郎が小屋の入り口に立てかけた戸板をわざと音を立ててずらしたのは、いきなり姿を現して外の三人を驚かせないためだ。

もっとも三人も、すでに小屋に気づいて注意をこちらに向けていた。まだごく微かな煙の匂いもあたりに漂い、人が中にいることはわかっていただろう。

三人は、姿を見せた宗太郎と速水に、その場で立ち止まった。

夜明け前の薄暗さと朝靄で、はっきりとした顔立ちまではわからないが、それぞれ小袖に袴の姿だ。ひとりは手槍を構え、あとのふたりは刀の柄に手をかけている。

いつの間にか、三人が緊張している空気が伝わるほどの、距離になっていた。

故に宗太郎は、あえてのんびりとした口調を心がけた。

「おーい、貴公らはどこからこられたのだ？」

「……………」

三人は無言で顔を見合わせた。

「早まるなよ、俺たちは新政府軍の者ではないぞ。俺は柏木宗太郎、江戸から来た。連れは栗林弥八郎という元彰義隊の者だ。会津の町に向かっている途中なのだが、貴公らは、まさか山賊というわけではあるまいな？」

宗太郎は、三人の気持ちをほぐすため、あえて無駄口をきいて笑いかける。

「彰義隊……だと？」

応えた手槍の男が、おそらく首領格なのだろう。

残りのふたりが、彼を頼る風にすっと身を寄せた。

「弥八郎は、な。俺は江戸の質屋に使われている者だが、元はただの浪人さ」

「会津の町は、もうそこだ。一日もかからん。それよりお前たちは、新政府軍の者ではない、といったな？　会津に、どのような用事があるのだ？」

「弥八郎は会津で上野の仇を討つためだが、俺は主人の使いで人捜しさ。目当ては違うが、たまたま行き先が同じだったから、同道しているだけだ。疑うなら、主人から預かった証拠の証文を見せてやるよ」

新政府軍の侵入に備えて物見でもしている、会津側の人間か……と、思った。

それなら話が早い、やはり速水ではなく俺が話しかけて良かった——と、宗太郎は密かに安堵の息を吐く。

「…………」

それでも、三人それぞれが宗太郎と速水から目を離さず、得物に手をかけているのはまだ信じ切っていない証左だろう。

篠田兵庫の証文と巴屋松ノ助の書き付けを見せれば、すぐに納得してくれるはずだ。

そう考えた宗太郎は、懐を探りながら手槍の男に歩み寄る。

四十をとうに超えているだろうか、一番の年嵩に見える手槍の男は、半白になった総髪を後ろで束ねていた。少しは肝が据わっているのか、男は宗太郎の動きに合わせて一歩踏み出した。

肩幅の広い肉厚の三十男は、その場で目を細め、成り行きを眺めている。

さらにふたりの後ろで顔を隠すようにうつむいている男は、かなり若いようだ。

そんな顔格好がわかるほどに近づいた刹那、総髪の男の手槍が宗太郎に向かっていきなり突き出された。

「——ぬっ⁉」

瞬間、身体を開いて穂先をかわした宗太郎は、半間あまり背後に跳んで刀の柄に手をかける。

「柏木さん！」

速水の叫びを背中で受けたが、振り返る余裕などなかった。

宗太郎は手槍の先端から視線を外さず、総髪の男に問いかける。

「お前ら、会津の者ではないのかっ⁉」

「……！」

総髪の男はさらに一歩踏み込み、返事代わりにまた手槍を繰り出した。

それが合図でもあったかのように、残りのふたりが刀を抜いた。

速水もまた、刀を抜いた気配がした。

「柏木さんは、その手槍の男を！　残りのふたりは私が引き受けます！」

その声に、肉厚の男と若い男の注意が一瞬、自分の肩越しの速水に向いたことを宗太郎は感じた。

頭で考えるよりも先に、身体が動いた。

宗太郎は左手で腰の鞘の栗形を押さえ、手槍の男の懐に背中を丸めて飛び込んだ。

穂の先端が左肩をかすめたが、構わず刀の柄を握ったまま右腕を撥ね上げる。

宗太郎の右肘が、手槍を握る男の左拳を弾き上げた――子供の頃から、これだけは金がかからないから、と暇にあかせて繰り返し、身体に染みついた抜刀の動きだ。

江戸にいる間、ここ十年というもの握っていなかった刀の感覚だが、道中の百姓家で幾度ともなく抜いては鞘に収めていたお陰で、身体が感覚をすっかり思い出していた。

宗太郎の繰り出した技に、手槍を握ったまま万歳をする格好になった男の前面は、がら空きの状態になった。

「……！」

人に向けて刀を振るうのは、初めてだった。

対手の恐怖とあきらめの混ざった表情を見た宗太郎は、ほんの一瞬躊躇した後、抜いた勢いのまま、刀で男の左腕を斬り上げる。

「うがっ……！」

苦痛の息を吐いた男は、手槍を放り出し右掌で左の二の腕を押さえ、膝をついた。

総髪の男の流す血を視界の隅に捕らえながら宗太郎は、素早く速水と残ったふたりに目を走らせる。

（ひとりでふたりを相手にして、速水は大丈夫なのか――？）

すぐにでも助太刀に疾りたいが、総髪の男の反撃にも注意を払わなければならない。

肉厚の男は、相手を宗太郎と速水のどちらに定めるべきか、あるいは背を向けて逃げ出そうか……と、刀の切っ先を揺らしていた。

若い男は、刀を速水に向けてはいるが、呆けたようにぽかんと口を開け目をしばたたいている。

視界の隅では、総髪の男が傍らの手槍を拾うことなく、腕を押さえたままうずくまり呻き始めた。

（この男はもう、やり合う気がない――）

そう判断した宗太郎が身体ごと振り向いたその時、速水は鞘に刀身を収めたまま若い男に向かって突進していた。

「きえええいっ！」

風貌からはまるで想像できない、野猿のそれを思わせる速水の雄叫びが夜明け前の空気を震わせ、その場にいる者を石化させた。

一瞬の間――速水の対手は刀を下げると、死に直面した恐怖か意味をなさない呻きを漏らす。

「あっ……あ……おおぅっ！」

降参だな……宗太郎が息を吐いた刹那、しかし速水は動いた。

身体ごとぶつかるように抜いた速水の、下段からの凄まじい逆袈裟斬りで、若い男はのけぞり倒れる。

若い男から血飛沫が上がった。

続けて速水は、撥ね上げた刀身を胸元に引き寄せて低い八双に担ぐような構えから、さらに大きく踏み込む。

「きえええいっ！」

再び野猿の叫びが空気を裂いた。

体重のすべてを乗せた一閃は、若い男の左首筋から入り、肋骨の半ばにまでめり込んだ。

肉を斬る音と骨を断つ音が混ざる、何かが爆ぜるような音が響いた。

若い男は驚愕を表情に刻んだまま、その場に膝をつき前のめりに頽れる。

確かめるまでもなく、即死であろう。

速水が若い男に斬りかかってから、瞬(まばた)きが三度できるかできないか、それほど短い時間での出来事である。

「ひっ……⁉」

速水の剣を目の当(ま)たりにし、我に返った肉厚の男は刀を放り出して、文字通り転がるようにその場から逃げ出した。

宗太郎もまた、できればこの場から逃げ出したい気分だ。

血刀を提(さ)げた速水は、さらに肉厚の男を追おうとする。

「放っておけ、速水！」

宗太郎は、うずくまったままの手槍の男に振り返り、刀の切っ先を突きつけたまま叫んだ。

「みすみす、逃がすこともないでしょう」

意外にも、まるで興奮している風もなく速水は応えた。「……だが、近くにはこれ以上の仲間もいそうにないし、まあ、いいでしょう」

速水はうつぶせに倒れた死体の傍らにしゃがみこみ、髷(まげ)を摑(つか)んで若い男の顔を確かめながらいった。歩み寄った宗太郎も、腰を屈(かが)めて殺された男の顔をのぞき込み、すぐに目をそむける。血塗(ちまみ)れになっているせいで、若いということだけしかわからなかった。

それで顔をそむけた宗太郎は、速水に咎める視線を向けた。

「まだ若いのに、殺すことはないだろうが」

「抜いたら殺すか殺されるかですよ、薩摩の示現流は」

（あれが示現流か……！）

薩摩の者が遣うこの流派については、宗太郎も耳にしたことがある。けれど、実際に目にしたのは初めてだ。

その振り下ろす剣の迅さは、強烈な印象を伴って宗太郎の記憶に刻み込まれた。宇都宮で行動を誤っていたなら、この恐るべき剣術で自分の首が落とされていたのかもしれない――そう考えると、足もとから自然と震えが這い上がった。

宗太郎の顔色から、驚嘆と畏れの色を読み取った速水は、気負うでもなくいった。

「薩摩の武士と交わるようになってから、覚えたものです。たった四年ばかりの修練で、上っ面だけですが……だから、手加減できませんでした。そんな付け焼き刃にしては、大したものだったでしょ？」

刀身に付着した血膏を懐紙で拭い、やっと鞘に収めた速水は、うずくまった総髪の男をちらちら見ながら宗太郎に歩み寄った。

「確かに……凄まじいものだな――」

「柏木さんは、抜刀術でしたね？」

「ああ、こっちはまったくの我流だがな」

刀を収めた宗太郎は、多少の皮肉を込めて応えた。「人を斬ったのは、初めてさ――だから、殺し損なっちまったよ」

「ご冗談を。私の目は、節穴じゃありませんよ。本当なら首筋の急所を狙うところを、わざと外して左腕を斬った。――違いますか？」

「何だ、わかってやがったか」

「けれど、柏木さんが手加減してくれたお陰で、この男からいろいろと聞き出せる」

手槍を拾い上げた速水は、負傷して怯えた目になっている総髪の男の喉元に、穂の先端を突きつけた。

「おい、まさか……そいつまで殺すなよ」

「殺しませんよ、素直に話してくれれば、ね」

総髪の男は、左腕の傷を押さえて何度もうなずいた。

三

「何を話せばいい……⁉」

「どこから来たのですか？」

「会津だ……！」

「私たちを、新政府軍だと思った。それで襲ったのですね？」

「い、いや、そうじゃない……聞いてくれ！」

恐怖で急に現実へ立ち戻ったのか、総髪の男は左腕から離した右手を突き出すと、つい宙を引っ掻くように震わせた。「悪かった！　俺たちの姿を見られたから、……！」

「――と、いうことは、会津からの脱走者、ですか」

「そ、そうだ。それで、あんたたちが町に行ったら、俺たちのことを喋ると思ったんだ……！　ことによると、そのせいで追っ手がかかるかもしれないから……！」

「この戦の最中に、そんなことをする余裕がありますかねぇ……。この山には、新政府軍の物見がいて、鉢合わせする怖れもあるんですよ。たかが脱走者三人を追いかけて、追っ手を出すとは思えませんが」

「い、いや、ただ逃げ出しただけじゃないんだ……」

「――ちょっと待ってください」

速水は、宗太郎に背中を向けたままいった。「柏木さん、小屋にある私の旅嚢の中に膏薬が入っています。取ってきていただけませんか？　大きな蛤の殻に蒔絵を施した器ですから、すぐにわかります。鞍擦れ用に持ってきたのですが、この男の傷の手当てに役立ちそうだ」

他人の旅嚢を掻き回すのは、気が進まない。尋問を終わらせたら、あんたが自分で取りに行けよ……といいかけた宗太郎は、しかしすぐに合点する。

速水としては、総髪の男からの話を自分に聞かせたくないのだ。

これ以上、幕軍と新政府軍の戦に自分を巻きこみたくないのだろうとも、察しがついた。

なら、聞かずにいておいた方が良い。

そもそも宗太郎は、この戦そのものに興味がない。ただ、会津にいるかも知れない篠田兵庫を、見つけ出したいだけだ。

黙って小屋に戻った宗太郎は、頼まれた通り速水の旅嚢を探り蒔絵の施された大蛤の殻を見つけ出した。ただ、よく見れば雑な仕上げで、そこがかえって戦場で持つ実用品としては相応しいと思える。

膏薬入れを手に小屋を出て、速水が尋問を行っている場所へ戻る途中、宗太郎はふと足を止めた。うつぶせに倒れた若い男の死体には、早くも虫がたかり始めている。

今は、ちょっとした血溜りに、宗太郎は速水の剣の凄まじさを改めて思った。

何より、ふたりを相手にしながら、なおかつ自分の戦いぶりにまで注意を払っていた彼の余裕に、そら恐ろしいものを感じる。

（もしも、あいつと斬り合うことになったら……いや、そいつは考えたくねえな……）

それでも、何度か速水と立ち合う自分を思い描いた末に出した結論は——

（その時は、さっさと逃げるに限る……）

何度考えても、それしかないように思えた。

しばらくその場でぼんやりと立ちつくした宗太郎は、やっと死体に背を向けた。

（……逃げられれば、の話だが）

歩み寄る宗太郎に気づいた速水は、総髪の男への尋問を終えたらしい。手槍を茂みに放り投げると、宗太郎に笑いかけた。

「膏薬は見つかりましたか？」

「ああ、これのことだろ」

　大蛤の殻を受け取った速水は、まるで子供を相手にするように、男の前でしゃがみ込む。

「これを塗って、布を巻くと良いですよ。薬草を馬の脂に練り込んだもので、すぐに血が止まるし傷の治りも早い。私も生傷が絶えないので、いろいろと使ってみたのですが、これが一番です」

「か、かたじけない……。あんたが新政府軍の者だと知っていれば、あんな真似はしなかったのだが……とてもそうは見えなかった――」

「――だそうだ。この男にそう思われるほどには、上手く化けられたってことだ」

　横から口を出す宗太郎に取り合わず、速水は大蛤を開く。

　普段から使っているという通り、総髪の男に差し出した殻の中身は、半分ほどに減っていた。男は膏薬を指ですくい取り左腕の傷になすりつけると、じたばたと無駄な動きで立ち上がる。一刻も早くこの場から逃げ出したい、ただその一心なのだろう。

「これでしばらくの間は、激しく動かさなければ大丈夫です」

「それじゃ、もう行っても……？」

「ええ。この先を下って、さっき教えた通りに行けば新政府軍の陣に出ます。私と出会ってこうなったこと、それに会津から逃げ出した事情を正直に話せば大丈夫でしょう。――ああ、名前は、栗林弥八郎ではなく速水興平の方ですよ、お間違えのないように。途中で小田山に入った新政府軍の者に会った時も、私の名前を出せば良い」

左腕の傷を押さえ、よろける足取りでやっと立ち上がった男を、膏薬の入った蛤殻を懐に仕舞いながら速水は急かした。「さあ、早く行った方がいい。逃げた男もどこかに潜んでいるでしょうし、出会ったら一緒に新政府軍に投降なさい」

「な、何から何まで……忝ない」

総髪の男は、左腕を押さえて何度も振り返りながら、やがて小走りに宗太郎たちが登ってきた斜面を滑り降りていく。

しばらくその様子を眺めていた宗太郎は、速水に向いた。

「ついさっきまで斬りそうな素振りだったくせに、手当をしてやるなんて、冷酷なんだか親切なんだか、相変わらずよくわからん男だな……あんたは」

「役立つことを喋ってくれましたからね。情報を持って新政府軍に協力したいというのなら、迎え入れてやるべきでしょう」

速水は鼻で嗤った。「会津の兵が、あんな取るに足りない連中ばかりなら楽なのですが……ね」

速水が聞き出したことには、総髪に手槍を持った男と先に逃げ出した肉厚の男は、江戸から会津に流れ込んだ道場主とその弟子で、これまで二本松城の戦いに加わっていたのだそうである。しかし、最新装備の新政府軍の圧倒的戦力に幕軍の負け戦を確信し、会津から逃げ出す機会をうかがっていた、との話だった。

「なるほどな」

「それが、逃走するにも路銀がなかったので、自暴自棄も加わって、会津を出る時に商家に押し込みを働いて、小銭と食い物を奪ったとかで……」

何となく、巴屋から十両を巻き上げた篠田兵庫とその仲間を連想した宗太郎は、苦い笑いを口元に浮かべた。

「それで、あんたに斬られた若い男は、何者なんだ?」

「さっきのふたりとは、二本松城の戦いで知り合った者だそうです。やはり江戸から落ちてきた彰義隊の残党ということ以外、素性はよくわからない、といっていましたが」

「ひとりだけ命を落とすとは、ついてないやつだな……」

宗太郎は、もう一度うつ伏せになった死体に、視線を向けた。

「話によると、会津では、全体的に未だ戦意衰えず――といったところのようです。

けれど、元からの会津の者と、江戸や北越などから流れてきた者の間で、戦い方について多少の意見の相違もある。さらに、今や骨抜きの列藩同盟からこれ以上の救援が望み薄となれば、内側から一気に崩れるかもしれません」

速水は、まるで独り言(ひとりごと)のように続けた。「――いや、目端(めはし)の利いた者や士気の低い者なら、すでに見切りをつけているでしょうね。会津に義理のない、他の土地からやって来た者ならなおさらです。そんな者たちが、早々と新政府軍に身を投じることにでもなれば、こちらも大助かりなのですが」

「――小屋に戻ろう」

速水が語る戦局についての読みなど、半分も聞いていなかった宗太郎は、さっさと歩き出した。

並んで小屋に向かいながら、速水はつけ加えた。

「念のため、柏木さんの捜している、篠田兵庫についても尋ねてみましたが、知らないようでしたよ」

「そうか……そう簡単に手がかりがつかめたら、苦労はないよな」

宗太郎は、小屋に入るため身を屈める動作に重ねて、密かなため息をついた。

「ねえ、柏木さん――」

「何だ？」

「まだ涼しい今のうちに、死体を埋めた方が良くありませんか？　案外とすぐに臭い始めますよ。それに、放っておいたままにして誰かに見つかれば面倒な事になりかねません」

速水は、顔色も口調も普段通りに告げた。

さすがは場数を踏み、死体を見慣れてやがる……そう思いながら、宗太郎は同意する。

「あまり気は進まないが、そうするしかなさそうだな」

「私がやっておきますよ。柏木さんは、町に急いでください」

「一緒に行くんじゃないのか？」

「つい先刻までそのつもりでしたが、さっきの男から話を聞いて会津の内情がほぼわかりましたから、これでもう十分だと思います。それに——」

開けっ放しの小屋の口から総髪の男が立ち去った方角を向きながら、速水は目を細める。「柏木さんの腕前を実際に見て、安心しましたから」

「どういう意味だ？」

「本音をいうと、柏木さんひとりで会津に行かせるのは、少々心配だったのです。けれど、どうやら大丈夫そうですね」

宗太郎は目を剝いた。

「なんだ、途中の沢のところで会津の町まで同道するといい張っていたのは、俺を護(まも)るつもりだったのか？」

「ええ、どちらかといえば、そちらの気持ちの方が大きかったですね」

速水は臆面(おくめん)もなくうなずいた後、あわててつけ加える。「気を悪くしないでください、初めて会った時から腕が立つのはわかっていました。それでも、しばらく剣を握っていないようでしたし、人を斬ったことがないように思えたものですから……」

「あんたの親切の度が過ぎるのか、それとも俺が馬鹿にされていたのか……ここは親切ということに、しておいてやるよ」

小屋の中の地べたに胡座をかいた宗太郎は、すぐに気を取り直した。「実は自分でも、あんな風に動けるとは思わなくて、少しばかり驚いているくらいだ」

「いや、見事なものでしたよ」

「あんたには、敵(かな)わないさ。俺に対して自信満々だったのが、さっきの示現流とやらを見て、やっとわかったよ」

「私は特別ですよ。柏木さんの腕前を上回る者など、そうは見あたらないはずです。

捜している篠田兵庫がどれほど遣えるかは知りませんが、相手をすることになっても、まず安心して良いでしょう」

「俺が、篠田と斬り合うことになるとでも？」

「場合によっては」

速水はうなずいた。「これも引っかかっていたことですが、会津でその男を見つけたとしても、江戸の質屋から柏木さんが頼まれた用件を、素直に受け入れてくれるでしょうか？　質入れした妻女に未練を持っていたのなら、なおさらのことです。逆上して、とんでもない行動に出るかもしれません」

その時、篠田兵庫は相当の遣い手だ、と巴屋の土蔵でけいがいっていたのを、不意に思い出した。

「それは俺も思ったさ、その篠田って野郎は聞くところによるとかなり遣えるという話だ――」

おそらく、不安が顔色に出たのだろう宗太郎に、速水は快活に笑いかけた。

「あれだけの腕前があれば、相手がだれであろうと、私の助力は必要ありませんよ」

「そう誉(ほ)められると、照れちまうなぁ」

同年代……少なくとも年上には見えない速水の言葉だが、自分よりもはるか上手(うわて)であることは、はっきりしている。それだけに、宗太郎としても悪い気がせず、一瞬抱いた屈託を完全に忘れた。

「あの技を見るに、よほどの修練を積んだご様子。ともかく、ぜひとも柏木さんを新政府軍にお誘いしたい気持ちがあったので、会津で死んでもらいたくはなかったのです」

「心配してくれていたのはありがたいが、大内宿でいった通り、俺は自分の周りのことにしか興味はないよ」

「では、そちらの話は、柏木さんの用件が片づいてからまた改めて……」

「片づいてからでも、ご免だな」

宗太郎は自分の旅嚢を手元に引き寄せ、中身を確かめる。

いずれにしても、自分ひとりで動いた方が何かとやりやすいのは、昨日いった通りだ。時間も惜しい。そうとなれば、ここでぐずぐずしている理由はなかった。

「実は、元彰義隊の者に成りすましたものの、内心ではひやひやしていたのですよ。会津の町には彰義隊の生き残りがかなりの数いるでしょうし、中には栗林弥八郎を見知った者がいないとも限らない」

「それじゃあ、そんなやつに出くわしたらどうするつもりだったんだよ？」

「決まってるでしょ」

「斬っちまう――か」

顔を上げた宗太郎の前に、相変わらず平然とした表情があった。

（やはり、俺ひとりで行くことになって良かったぜ……）


ふたりは朝飯の蒸餅をかじり、宗太郎が会津で篠田兵庫を捜し出し、巴屋の件で話がついたらどうするか？　死んでいることも含め、消息を掴んだらどうするか？　手がかりも何も掴めなかった場合にはどうするか？――などを、簡単に話し合った。

速水は残った蒸餅を掌で掬って、量を確かめながらいった。

「三日待ちます。三日経って戻ってこなければ、様子を見るために、私も会津の町まで行くことにします」

「死体の始末は、頼んだぞ」

「任せてください」

速水は、ついさっき人を斬ったばかりであることなど感じさせない、穏やかな微笑でうなずいた。

「必ずここに戻ってくるからな」

「信じている、といったはずです。生きているにしろ死んでいるにしろ、篠田の件が会津の町で片づくことを祈っていますよ。そして、柏木さんが戻ってきたら、すっきりとした気分で酒を飲み交わしましょう」

「そうだな――」

小屋の隅に置かれた茶褐色のガラス瓶を、宗太郎はぼんやりと眺めた。

【五】会津

一

まだ朝霧の消えきらぬうちに出立し、会津の町に向けて腰まで茂った藪の緩い傾斜を登る宗太郎は、不安を抱えていた。

このまま会津に着いたとしても、速水が危惧していたように、新政府軍の包囲を越えてきた自分は怪しまれるに違いない。そのために、時間をかけた大回りで小田山の隠れ道をやってきたのだが、それをいっても信じてもらえるとは限らなかった。

巴屋の書き付けや篠田兵庫の書いた証文も、どこまで役立つことだろうか。

(信用されたにしても、篠田の探索の協力までは得られまい……)

得られなければ、自分ひとりで動くしかない。それでも、自由にさせてもらえるとは、とても思えなかった。

(どう考えようが、出たとこ勝負になっちまうな……速水と一緒だったら、何かあっ

た時に上手(うま)く切り抜けられたかもしれんが）

この先に待っているものを思うと、後悔に似た考えがふと湧(わ)き上がった。

抱えた不安とは別に宗太郎が今、一番もやもやとしているのは、その速水興平(こうへい)についてである。

会津の状況を探るため自分に同行する——彼の立場やこの間に知った性格を考えれば、これはさして不自然なことではない。

けれど、会津からの逃亡者を尋問した後は、あっさりと小屋に留(とど)まるといいだした点が、今さらどうにも不審なものに思える。先にそれをいい出したのは、他ならぬ宗太郎自身だとしてもだ。

（途中まで、会津について行くと、あれほどいい張っていたのに……）

自分の腕前を見て安心した、という速水の言葉を一応は信じたが、それもまた引っかかった。

（あるいは、最初から新政府軍だらけの道中、俺(おれ)を無事に会津まで送り届けるためだけについてきたのか……？　いや、そんな真似(まね)をする理由はないはずだ。となると、俺の腕前はともかく、やはりあの手槍(てやり)の男から満足な情報を得たから、ということか……）

宗太郎は間近に迫った頂に向けて視線を上げ、藪の中をただ登り続ける。

（そもそもあの男は、俺に対して距離が近過ぎる。俺を信じたにしろ、たった数日間、行動を共にしただけで、新政府軍に来ないかなどといい出したのも妙な話だ。俺がやつの立場なら、ひとまず距離を置く）

まさか速水には男色趣味があって、自分を狙っているんじゃなかろうな……と思いついて、宗太郎は立ち止まった。

（それだけはないと思うが……いや、それはない。薩摩は衆道が盛んだと聞いたことがあるが、まさか、な。それならそれで、もう少し別の近づき方をするだろう）

あわてて考えを否定する自分に、宗太郎はついつい吹き出してしまった。

それで少しの間だけ、不安感がやわらいだ。

（つまるところ、立場から離れた少々度の過ぎる親切と、心にするする這入り込む人懐こさも、速水の持っている性格の一面なのだろうな。あくまでも、一面に過ぎないことに変わりはないが……）

再び歩き始めた宗太郎は、会津からの逃亡者に塗り薬を渡す速水の柔らかな微笑を思い浮かべるが、すぐにそれは薩摩示現流に大きく構えた時の表情、そして、斬り殺した若い男を見おろす薄笑い……と、目まぐるしく取って代わった。

（まともに立ち合う気のない者を、何のためらいもなく斬り捨てる一方で、怪我を負った者に細やかな心遣いを示す……どの顔が、あの男の持つ本当の顔に近いのだろうか？）

結局、もやもやは解消しないまま、藪をかきわけた宗太郎の目の前に、いきなり視界が開けた。

「………」

遠く磐梯山とそれに連なる山並みを背にした会津の町並み、速水から湯川という名だと教えられてあった流れが手前に横たわり、きらきらと光っている――小田山の頂上にたどり着いたのだ。

土塁で囲まれた町並みの中、やや左の意外な近さに鶴ヶ城があった。

（……やつのことよりも、まずは篠田を捜すことに専念すべきだな）

宗太郎は大きく息を吸い、それでももやもやを――速水興平を頭から追い出すと、慎重に斜面を下り始めた。

水を抜き既に刈り入れを終えた田の間の道を会津の町に向かうにつれ、見かける人間の姿が少しずつ増えていった。

老若男女、百姓(ひやくしよう)の姿もあったし、槍を担いだ兵の姿もある。そのいずれも、町人らしい旅装の宗太郎に一瞥(いちべつ)をくれてすぐに目を逸(そ)らすが、強い警戒心を抱いていることがわかった。

とにかく、町に一旦(いつたん)入ろう——そう考えた宗太郎は、構わず城の方向へ歩いた。

やがて鶴ヶ城の偉容を見上げる距離にまで近づくと、湯川を渡る橋のあたりに、二十人ほどが集まっているのがわかった。いずれも帯刀し合戦支度で槍を立てている者も見うけられる。おそらく、途中で宗太郎を見かけた誰(だれ)かが、外部からの来訪者をいち早く知らせていたのだろう。

多少の緊張感を抱きながらも、宗太郎は構わず進んだ。

と、集まっている者の中から三人、急ぐでもない歩調でこちらに歩んでくる姿を認め、宗太郎はやっと立ち止まる。自分から菅笠(すげがさ)を取って顔を晒(さら)した宗太郎に、五間ばかりの距離にまで近づいていた三人連れも歩みを止めた。

日焼けした若い武士、背の低い中年の武士——そんな羽織袴(はおりはかま)姿のふたりの一歩後ろを歩く、陣笠(じんがさ)、胴丸に白鉢巻きを巻いた老人に目が留(と)まった。大時代な格好に、白髪の鬢(びん)はいかにも似合っていた。

三人はごく短い間、頭を寄せて小声で何事か話し合った後に、向かって右側の背の低い武士が数歩前に出た。

「たったひとりで、どこからきなすった？」

率直に投げかけられた言葉には、訛(なま)りが感じられた。

宗太郎は、短く答えた。

「江戸だ」

「江戸か……会津の合力(ごうりき)にきなすったのかね？」

「いや、そうではない。人を捜している。その男が、会津にいるかも知れん」

「ふむ……」

うなずいた武士は背を向けると、また三人で言葉を交わす。

今度は左側の若い武士が前に出て、声をかけた。

「済まないが、我らについてきてはもらえまいか。腰のものもお預かりしたい」

こちらの武士には、まったく訛りがない。

「わかった」

素直に刀を差し出す宗太郎に、若い武士から、すっと緊張感が消えた。

「会津の外からきたのなら……浪人の態(てい)の三人組を、どこかで見かけませんでしたか？　手槍を持った年嵩の者、肉の厚い三十男、もうひとりは若い男の三人です」

「──いや、見てないな」

　宗太郎は、素知らぬ表情を作った。「その三人が、どうかしたのか？」

「押し込みを働いて逐電した者です」

「俺は小田山のけもの道からきたのだが、誰にも出会わなかった」

　間違いなく自分たちを襲った連中だ、とすぐに気づいた。しかし、ありのままを話して万が一、探索の者が出張ることにでもなれば、小屋で待っているはずの速水が厄介に巻き込まれることになる。これは、出がけに彼と確かめ合ったことでもあった。

　その時、白髪の老人が苛立った口調で、声をかけた。

「これ以上余計なことを、外の者に話してはならん。ともかく、きてもらおうか」

　それだけいうと老人は背を向けて歩き出し、宗太郎とふたりの武士もそれに従う。さらに、十人ほどの武士がその後ろからぞろぞろと続いた。

　鶴ヶ城と日新館の間を会津兵に囲まれて歩く宗太郎は、城下町にしては素直な町割りだな、と思った。途中、子供たちや白襷をかけた女性とすれ違うが、宗太郎たちを一瞥すると一礼し道を譲る。それで、自分のような来訪者は見慣れているのだろうと想像できた。

全体に緊張感は保(たも)ちつつも、とっくに開き直っているのか、どことなく楽天的な空気も感じられる。その点が、ひたすらぴりぴりと怖れ、あるいはやけくそのように騒ぎ立て勇み立つ者が多かった開城前夜の江戸とは違っていた。

（これも、江戸と会津の人心の違いなのか……）

などと考えているところに、右横を歩く若い武士が前を向いたまま、不意にさりげない口調で尋(たず)ねた。

「江戸からですか……さっきいっていた小田山のけもの道とやらは、誰に教えられたのですか？」

「新政府軍の者に」

そのひと言で、若い武士の周囲の空気が硬くなった。左横の中年の武士の足取りに妙なぎこちなさが混ざり、担いだ槍の揺れが乱れる。

「新政府軍の中にも、妙に親切な男がいてね。途中まで一緒だったが、面倒になったのか、大内宿(おおうちじゆく)でその道を教えられて放(ほう)り出された」

老人だけは特に変わった風も見せず、振り返りもせずに、いった。

「梶原(かじわら)――細かいことは、儂(わし)の家で尋ねる。お前がお役目に熱心なのは知っているが、今は余計な話をするな」

若い武士は肩をすくめたが、老人に食い下がった。

「雑談程度なら構いませんか、小室様？　この者も、黙りこくったままでは息が詰まってしまうでしょう」

「当たり障りのない雑談なら、な」

宗太郎は、真っ直ぐに伸びた小柄な老人の背中を見ながら、この先、三人組と遭遇して斬り合ったことと速水が小屋で待っていること以外は隠さずに話そう、と決めた。下手な嘘をついて辻褄が合わなくなれば、本来の目的である篠田兵庫の探索に支障が出るかもしれない。

宗太郎は、声を潜めて梶原と呼ばれた若い武士に話しかけた。

「――あのご老人のお名前は？」

「小室重蔵様です」

老人を気にしながら、梶原が小声で話すには、胴丸に白鉢巻きの老人――小室重蔵は、元は会津松平家中で目付を務めており、本来であれば隠居の身であるという。

梶原が、さらに話を続けようとしたところで、宗太郎たちは小室の屋敷に到着した。

二

諏方神社に近い小室の屋敷の座敷に通された宗太郎は、はるばる会津までやってきた目的について、ほぼありのままに話した。

その横では梶原章吾と改めて名乗った話し好きの若い武士が、宗太郎の言葉に合わせて神妙に筆を動かしている。

小袖と黒羽織の姿に着替えた重蔵は、大きな瞳をぎょろぎょろと動かし、広げた篠田兵庫の書いた証文と巴屋の書き付けに目を通している。

「これが本当なら、仲間内の酒の席などでちょっとした語り草になりますな」

話をひと通り聞いて、梶原が笑った。

「――つまり、彰義隊で生き残った、この篠田兵庫という者が、会津にいるというのだな?」

証文と書き付けを膝前に広げたままじっと見つめる重蔵は、笑わなかった。

「いえ、そうとも限りません。そもそも、生きているとも死んでいるとも知れませんし、会津に向かったというのも私の当て推量に過ぎません」

宗太郎は、重蔵の貫禄と立場に、少しばかり口調を改めている。「篠田と一緒に質屋を訪れた者についても、忘れないよう書き記してあります。篠田はこれといって目立たない男らしいので、むしろこちらの者の方が見つけやすいと思っているのですが……」

長身で糸瓜顔の狩野、顎に傷痕のある大楠、痘痕の稲垣――と、宗太郎は口に出す。もっとも宗太郎自身、松ノ助とけいから聞き書きをしただけで、彼らと実際に会ったことはない。

「彰義隊の生き残りなら、かなりの数が会津に入っている。梶原がそのあたりは詳しいから、つけてやろう」

小室の視線を受けて梶原は筆を置き、宗太郎に目礼する。

梶原にうなずいた宗太郎は、重蔵に頭を下げた。

「お心遣い、助かります」

「礼をいわれる筋合いはない。会津に味方するつもりもない余所者に、あまりうろうろされても困るだけだ」

「やはり、私を新政府軍の間者だと疑っていますか？　確かに考えてみれば、たかだか十両の借金を取り立てるために、いつ戦が始まってもおかしくない会津までやってくるなど、まともな話とは思えんでしょうね。新政府軍の者にも、その点についてかなり疑いをかけられましたが」

しかし重蔵は大して興味がなさそうに、篠田の証文と書き付けを折り畳んだ。

「儂は疑ってなどおらん。戦力の差を考えれば、西軍も今さら間者を潜り込ませるなどと、無駄なことをするとは思えん。それに間者であるなら、もう少しましな偽りの身の上を作るだろう……彰義隊だの徳川恩顧の旗本だの、とな」

顔を上げた重蔵は、宗太郎をじっと見つめた。「武士には武士の考えがあるように、この巴屋という質屋には質屋なりの考えがあるのだろう。話を聞けば、雇われた浪人者ということだが、お前にもお前なりの考えがあってのことだろうと思っただけだ」

そこでやっと視線を外した重蔵に、宗太郎はようやく少しだけ緊張を解くことができた。

重蔵も言葉の調子を変え、誰に聞かせるでもないように語り続けた。

「まともじゃないというなら、今の儂らもそうだ。だが、会津には会津の考えがある。口にこそ出さんが、儂を含めて会津の者の多くは、西軍に勝てると思っておらん。それでも、戦わなければならんのだ。外から見たら、馬鹿馬鹿しく無駄なことだと思うだろう。――同じことだ。お前が自分の行いを自分でまともではないと思っていても、はるばる江戸からこうしてやってきた。儂がそれを嗤えるわけなどない」

（この老人はもう、負けを悟っているのだな……）

淡々とした口調の老人に、宗太郎は普段の自分に戻って尋ねた。

「やはり……勝てませんか」

「松平容保（かたもり）様も、早々と恭順（きょうじゅん）の意をお示しになっていたのだ。しかし、それでも薩（さつ）長（ちょう）が我らを攻めるという考えは変わらなかった。そうなれば、たとえ負けるとわかっていても、戦うしかなかろう。勝ち負けではない、会津の武士として戦わなければならんのだ」

ふっくらとした重蔵の片頬（かたほお）に、苦い笑いが浮かんだ。「しかし、江戸や北越（ほくえつ）から来た者の中には、会津を守るよりも、ただ闇雲（やみくも）に徳川家の復権を叫ぶ者もいる。考えの違う者が一緒になれば、新たな苦労が生まれる」

「それでも、兵が多いに越したことはないのでは？」

「ありがた迷惑、ということもある――そんな者たちでも飯は食うから、その手配もしなければならん。考えをまとめる者も必要だ。何より、儂らの戦いに自ら巻き込まれにやってきて、むざむざ殺されるのを見るのは、会津の武士として忍びないのだ。その点で、お前は戦とは関係がないのがよろしい。戦に巻き込まれる前に、用事を済ませてさっさと帰ることだな」

「私は篠田の件が片づけば、すぐに江戸へ戻ります。片づかなければ、おそらく奥羽か北越へ向かうことになりますが……いずれにしても長居はいたしません。長くとも、今日を入れて三日の内には会津の町から立ち去るつもりです」

宗太郎は、意固地な野武士の風貌を漂わせるこの老人に、好意を抱いた。

生まれ育った会津の武士として終わりたいのだ、という気持ちが、江戸での暮らしを一番に考える宗太郎と、通じるものがあるのかも知れない。

「それが賢明だな」

重蔵は、立ち上がった。「後は梶原と話すといい」

座敷に正座したままひとり残された宗太郎は、その時やっと喉の渇きを意識して、温くなった茶に手を伸ばす。

重蔵が座敷から消えると、すぐに宗太郎の正面に座り直した梶原章吾は、あらたまった挨拶も自己紹介もなしに、いきなり用件を口にした。

「会津にやってきた元彰義隊の者で篠田兵庫という名前には、聞き覚えはありません」

「そうですか……」

「――ただし、大楠虎之介の名は聞いたことがあるような気がするのです。ですから、柏木さんの話を信じます」

「それは、真実ですか？」

宗太郎は、思わず身を乗り出した。

鼓動が早まるのが、自分でもわかる。

「初めて会った時に、ずいぶんと横柄な態度を取っていた男だったので覚えているのです。それが柏木さんのおっしゃる大楠かどうか……さっき、横で聞いていた限りでは、特徴は似ている気がします」

（篠田兵庫への糸は、切れてはいなかった……！）

それだけでも会津までやってきた甲斐があった、と宗太郎は密かに息を吐いた。

その一方で、なぜ篠田が一緒ではないのか？——と、そちらの方に考えが向いて、重苦しいものを呑み込んだ気分にもなる。

「取るに足りない者と思い、それきり放っておきましたが、そうなると、その時に一緒にいた、やはり浪人体の若い者が稲垣泰三という人物かも知れません。こちらは、一切口をきかなかったこともあってずいぶんと印象が薄く、はっきりとは覚えていませんが……」

「狩野十内については、どうでしょう？」

「まったく覚えがありませんね。それほどの異相であれば、忘れようはありません」

梶原は、重蔵が同席していない気楽さのせいか、明快な口調でいった。「深い事情までは存じ上げませんが、お急ぎなのですよね？　早速、大楠らしき男が滞在していると思われる場所に、ご案内いたしましょう。小室様の赦しをいただくまで、一服なさっていてください」

重蔵の家で遅い午飯を振る舞われた後、梶原に案内されて、宗太郎は会津の町を歩いた。

今度は彼とふたりきりということもあり、警戒の目を向ける者は少なかった。

諏方通だと教えられた、通りの両脇に町屋が並ぶ道の風景は、江戸の下町のそれと大して変わりはない。やはり同じように、人々が日々の暮らしを送っているのだろう。

やがて諏方通を左折し、鶴ヶ城を正面にしてしばらく進むと、屋敷が目立つようになった。

城の堀に突き当たったところでさらに右に曲がると、今朝、宗太郎が会津兵に囲まれて通りかかった会津藩校の日新館である。剣術の稽古でもしているのか、張りつめた幼い声がかすかに耳に届いた。

小室の屋敷を出てから、気候や食い物などについて差し障りのない会話を交わしながら歩いていた梶原章吾が、そこで思い出したように口を開いた。

「篠田兵庫という男ですが……私としても、外からきた者のひとりひとりを知っているわけではありません。けれど、腕が立つ者であるのなら、彼らの間で名前くらいは出るでしょうし、私も小耳にはさんでおかしくはない。それでも、やはり聞いたことはありませんね」

篠田が会津にいることについて、これまでの会話から宗太郎は、ほぼあきらめの気持ちを抱いている。

「篠田が、名前を変えているということは？」

「ありえますね。ここだけの話ですが、素性のわからぬ食い詰め者も、かなりの数が流れ込んできているのですよ。彼らは、それまで使っていた名前を変えることが多いですからね。大楠虎之介もおそらくその類だと思っていました」

「今朝、町の外れで話していた、三人組の押し込みも江戸から流れてきたそんな連中なのだろうか？」

「それは、わかりません。ただ、こんな時ですから、彼らに下手な疑いをかけると、いきり立つ者もいるでしょうし……なかなか頭が痛いことです」

梶原章吾は、大げさにため息をついてみせた。

聞けば、この青年は先年まで和田倉門内の会津江戸屋敷詰だったという。宗太郎より五つ六つ年下で、最初の印象通りに気さくな男だった。小室重蔵の前にいる時とは違い、開けっぴろげな口調で話しかけてくる。あるいは、宗太郎を単なる質屋の手代と、軽く見ての態度かも知れないが。

宗太郎の方も、自然普段と同じ口調になっている。普段使っている言葉がそのまま通じるのも、互いの話を弾ませた。

問わず語りに梶原は、その経歴と性格を生かして、江戸からやってきた者の世話、あるいは監視を重蔵から命じられている、ということも話してくれた。江戸でいえば、見廻り同心に近い役どころなのかも知れない。

道すがら、押し込みを働き会津から逃亡した三人組について時々ぼやいているのも、立場上の責任を感じてのことなのだろう。

「押し込みも、元から会津の者なら素性はすぐにわかるだろうしなぁ」

「今のところ、その一件を知らされているのはごく限られた者だけですので、柏木さんも含んでおいてください。小室から、叱られてしまうので」

「わかっているさ。用さえ済めば俺はさっさと消えるつもりだし、話そうにも会津に親しい者はいない」

重蔵が梶原を同道させたのは、新政府軍の間者だという疑いからではなく、押し込みの一件もあり、自分を見かけた町の人々を動揺させたくないからかもしれないな……と、宗太郎はぼんやり思う。

やがて前を歩く梶原は、会津の町の中心から南町口を出たあたり、鶴ヶ城を囲む堀と湯川の間の町並みを東に曲がった。

「大楠らしい者たち数人が会津までやって来たのが、三月ほど前……無住のこの寺に寝泊まりするよう、手配しました。その後は他の江戸からやってきた者と共に、二本松城へ戦の応援に向かい、つい先日、戻ったばかりだと聞いています。負け戦で果てていなければ、いると思いますよ」

立ち止まった梶原は、家と家に挟まれた短い石段とその先の狭い山門を見上げ、口元に苦い笑いを浮かべた。「私が様子を見てきますので、ここでお待ちいただけますか？」

「俺も一緒に行こう」

「いえ、今朝の押し込みの一件で、住んでいる者に尋ねたいこともあります。もしも大楠か稲垣、あるいはふたりともいるようでしたら、間違いなく連れてきますから」

彼の役目柄、自分が邪魔になることもあるのだろう——と納得した宗太郎は、いわれたままに待つことにした。もちろん、明け方に三人と斬り合ったことは、梶原にも伝える気はない。

この寺も、やがて会津攻めが始まれば、前線の陣として会津方の兵であふれたあげく灰燼(かいじん)に帰してしまうのか……などと、何となく上野の戦以後の江戸や、宇都宮(うつのみや)の光景を思い出しているうちに、山門から出てくる梶原が見えた。

長くは待っていない。

その仕草で察しはついたが、戻ってきたのはしきりに首をひねる梶原ひとりだった。

「大楠は、ついさっきまでいたようなのですが、ふいとどこかに出かけてしまったとのことです。それから、大楠と一緒に江戸から来たのは、やはりあなたのいっていた稲垣という男のようですね。こちらはここ数日、誰も見かけてはいないとか」

「俺はどうすればいい？」

「ふたりともこの会津のどこかにいるのでしょうし、いずれはここに戻ってくるでしょう。あなたのことを伝えて、どちらかひとりでも戻ったら、小室のところまでくるようにと、留守居の者に言付けておきました」

「……ということは」

「そうですね、今日のところは一旦、小室の屋敷にお戻りになられては？　小室も、あなたが目の届くところにいて欲しそうでしたし」

　磐梯山の方向にかなり傾き始めた西日を、眩しげな目で追った梶原は、つけ加える。

「……ただ、あてにはならない連中なので、今夜までに姿を見せなければ、明日の早くにもう一度ここにきてみましょう。その時は、お迎えに上がりますよ」

「手間を取らせて済まないな」

「いえ、役目ですから。私は他の心当たりを見て回ります。もしも、大楠や稲垣に行き合ったらすぐに連れて参りますので、屋敷でお身体を休めていてください。くれぐれも、自分ひとりで捜すなどとよけいな考えを抱かず、真っ直ぐお戻り下さい」

　梶原は苦笑した。「あなたをひとりにして何かあったら、私がただじゃ済まない」

「わかった。道は覚えたから心配するな」

　宗太郎は、この有能を感じさせる青年と、彼を自分につけてくれた重蔵に心から感謝した。

　微かな紅味を帯び始めた西日の中、熊野口の方向へ立ち去る梶原の背中を見送った宗太郎は、元きた道を戻り始めた。無風の会津盆地には、秋の空気が漂っている。

三

小室の屋敷への帰路、再び南町口から城を右手にして御米倉にさしかかったあたりで、背後からいきなり野太い声をかけられた。

「――おい、待てよ」

聞き覚えのない声だった。

立ち止まり、振り返ると、目と口を除けばどこもかしこも大造りで、薄汚れている印象を与える男が、懐手で立っていた。

明らかに会津兵やこの町の人々とは違う雰囲気、虚勢が見て取れる態度、顎の傷を目立たせるためにわざと残しているような無精髭、月代も剃らず乱れた髪ともみ上げ――。

「俺は大楠虎之介という者だが、俺を捜しているってのは、あんたかい？」

名前を聞くまでもなく、宗太郎は察していた。

「やけに早く姿を現したが、寺に戻って留守番から聞いてきたのか？」

「さっきからあの寺にいたさ。会津の侍野郎が来たのが見えたもんだから、あわてて須弥壇の裏に隠れたんだ。仲間が上手いこと誤魔化してくれて助かったぜ」

大楠は乱杭歯を剥き出しに笑うと、足もとに唾を吐いた。縦にも横にも身体の厚みまでも大きいこの男は、差している黒石目鞘の大小もまた大振りに見えた。

「なぜ隠れる必要があった？」

「あの梶原って若造はまだましだが、ここの連中は面倒なことばかりいいやがって、その上、言葉が通じねえやつも多くてな。何かと苛つくから、できれば顔を合わせたくねぇのさ——で、何の用かと思って、仲間から言づてを聞いて追いかけてきたんだ」

「俺の跡をつけて、ひとりになるのを待っていたってわけか……」

それはそれで好都合かも知れない、と宗太郎は思う。

梶原が一緒では、大楠も腹を割った話ができないこともあるだろう。

「わざわざ、江戸からやってきたって聞いたが、用件は？」

宗太郎は、気持ちを抑えてできるだけ平静な口調を作った。

「篠田兵庫に用がある。彰義隊で一緒に戦ったあんたなら、行方を知っているのじゃないか、と思ったんだ」

「篠田兵庫——だって？」

一瞬、険しい顔つきになった大楠は、視線を落とした。

「知っているのか？」

「知っているどころじゃねえや。やつなら死んだよ。上野の戦でな」

「死んだ……のか？　確かか、それは？」

覚悟はしていた。

それでも、目の前に暗い幕が降りてきたような気分になった。

「それはそうと、お前とはどこかで会ったか？」

「いや、それはないはずだが」

「篠田を呼び捨てにしたり、俺を〝あんた〟呼ばわりとは態度がでかい野郎だな。と、なると……お前もしかして、篠田の縁者か？」

「――篠田について、詳しく話を聞きたいのだが」

大楠の問いを無視した宗太郎は、自分でも驚くような、低く暗くそれでいて力強い声でいった。

一瞬、たじろいだ風を見せた大楠は、少し考えてからうなずいた。

「江戸からきた、か……こちらも久しぶりの江戸がどうなっているのか、知りたい気分だったところだ」

「あんたには迷惑になるような話じゃないし、望むなら酒くらいは好きに飲ませてやるさ。篠田がどんな風に死んだか、聞かせて欲しい」

「なら、こんなところで立ち話ってのも、何だな……五つ（午後八時頃）過ぎに磐見町の〝とりや〟って店に来い。場所は、磐見町で聞けばすぐにわかる。ええっと、お前は……」

大楠は、初めて宗太郎の名前を尋ねた。

「柏木宗太郎だ。必ず行く――」


小室重蔵の屋敷に戻った宗太郎は、大楠虎之介と出会い、今夜、話を聞かせてもらえることになった、と告げた。しかし、会う場所までは教えなかった。

梶原を呼ぼう、という重蔵に、ふたりきりで会うのが大楠との約束であり、三人組の押し込みの話は一切しないと約した。

それで重蔵は、黙って引いた。

約束の時刻――五つ時まで、まだかなりの時間があった。

宗太郎は貸し与えられた部屋で、畳にごろりと仰向けになった。

（篠田兵庫は死んだ、か……）

天井の羽目板を眺めながら、大楠の告げた言葉をもう一度噛みしめる。

後は彼から篠田が死に至った経緯を聞き出して、巴屋の松ノ助と今も土蔵で待っているだろうけいに報告する。篠田が死んだ証拠があれば、なお良い。もしも、遺品を大楠か稲垣泰三が預かっていれば、けいに渡すことができる。

それで、松ノ助から手間賃の残りをもらえば、お終いだ。

後は、今まで通り——昨今の騒動を思うと、すべてこれまでと同じとはいかないだろうが、東京と名を変えた江戸で大して代わり映えのしない暮らしを送るだけである。その江戸への帰路も、速水興平の手助けさえあれば、さして問題があるように思えない。最悪でも、巴屋に使いは出せる。

……だが、どういうわけか、すっきりとしないのだ。

(結局、篠田兵庫には会えないのだな……)

会ってどうしたかったのだ？　——宗太郎は自問したが、すぐには答えが出なかった。

ただ、会えばすっきりとしたかも知れない、そう思っただけだ。

最もすっきりする決着は、篠田が江戸に戻り、松ノ助に金を返して、けいを請け出すことだろう。それが自分の働きによるものなら、危険を冒してわざわざ会津までやってきた甲斐がある。おそらく、これまでの人生にはなかった、充足感を味わえたに違いない。

（だが、篠田は死んでいた……）

予感していたことだが、実際に大楠から篠田の死を告げられた時には、やはり衝撃を受けた。

それでも、今は不思議なくらいにその感情が薄れている。

（人は案外、簡単に死んでしまうものだな。おそらく、俺もいずれは……）

上野の山の戦での死体を見慣れたから、あるいは、今朝方、速水が斬り捨てた生々しい死体を見たばかりで、死に対する感覚が薄れているせいかも知れない。

（まぁ、今はそんなことを考えても仕方ない、か……）

宗太郎は目を閉じた。

また、目蓋（まぶた）の裏に土蔵の中で壁に向かって座るけいの横顔が、浮かんだ。

四

小室の家の下僕に肩を揺らされて、目覚めた時にはもう、外が暗かった。

山越えや三人の逃走者と斬り合った一件に加えて、会津の町を歩き回った末に篠田兵庫の死を知り、気持ちのつっかえ棒が外れたせいだろう。溜（た）まっていた疲れも加わり、いつの間にか眠りに引き込まれていたようだ。

自分を起こした小室家の下僕に問うと、五つ時まで間もないと、訛った言葉で答えた。

宗太郎は、今夜は帰らないかも知れないが、その場合は明日必ず顔を出す旨を重蔵に伝えるよういい残し屋敷を出た。

小室の屋敷から、鶴ヶ城の北西に位置する磐見町まで、大して時間はかからなかった。

磐見町が色町であると、一角に足を踏み入れた宗太郎はすぐに気づく。

戦が近いこの時節だというのに、あるいはこの時節だからこそか、ちらほらと行き交う男の姿があり、あちこちで女の嬌声や三味線の音が漏れ聞こえた。

人に尋ね、少し迷いながらやっと探し当てた〝とりや〟は、間口の狭いみすぼらしい店だった。昔、日傭取りでの使い仕事ついでにひやかしてうろついた吉原で迷い込んだ、羅生門河岸の薄暗い店を連想した。

自分の名を告げ案内された薄暗い座敷では、既に大楠虎之介が塗りの剝げた杯を口に運んでいた。巨漢の彼がいるだけで、狭い空間がますます窮屈になった錯覚を覚える。

畳の毛羽立ったその三畳間には、小さな鏡台があるだけだ。それ以外に調度品は見あたらないが、大楠虎之介のそれと向かい合う形で、味噌の小皿と伏せた杯が置かれた膳が、用意されていた。

大楠は、ひとりではなかった。

畳と同様、着古し継ぎの当たった単衣を着た女が、大楠に隠れるようにして座っている。

垢抜けない厚化粧で歳ははっきりしないが、顔立ちが幼い。

「おう、来たな。えっと……」

「柏木だ」

「まあ、一杯やれよ、柏木。勘定はお前持ちだから、遠慮するな」

「ツケがあるなら、ついでに払ってやってもいいぞ。溜めた金額と、聞かせてもらう話次第だが」

「いつ死ぬかわからんのに、ツケで飲ませる店なんかねえよ」

宗太郎が膳を前に胡座をかいたのを見て取った大楠は、徳利を手にすると女に向いて、軽く顎をしゃくった。「――タキ、お前はどこかへ行ってろ……ああ、それから酒を四、五本、襖の向こうに持ってきて置いておけ」

　タキ、と呼ばれた女は、おどおどと視線を泳がせていたが、やがて立ち上がり、染みと汚れと破れ穴がまるで模様のようになっている襖の向こうに、消えた。

「飯盛り女か」

「ありゃ、越後の奥まった村から二年前買われてきた娘でな、どういうわけか知らんが、妙に懐かれちまってよ……他の客がついていない時は、何にもしゃべらず俺の傍から離れやしねえんだ」

　身を乗り出して、宗太郎の杯に酒を注いだ大楠は、誰にいうでもなくつぶやいた。

「新しい世の中になりゃ、ああいう娘も少しは減るのかねぇ……」

「さあな。お上が変わろうが、人の暮らしなんぞはそう簡単に変わりはしないだろうよ」

　また、ちらりと土蔵のけいを思い浮かべた宗太郎は、喉の奥に酒を放り込んだ。

「ところであんた、形こそ町人だが、態度もでかいしどうにも正体がわからねえ。一体、何者なんだ？」

「質屋の使いだよ。本所相生町の巴屋に頼まれて、篠田兵庫に貸した金を取り立てるか、質草を流す了承を取るかするようにいわれてきたんだ」

宗太郎は、真っ直ぐに大楠を見る。

大楠は、口に運びかけた杯を中空で止めて、呆気(あっけ)にとられた表情を浮かべた。

「質屋？　本所相生町の……だと？　お前、そんなことのために、江戸からわざわざ会津にやってきたっていうのか？」

「巴屋の主人も、俺も変わり者なんだ」

「いや、それにしても変わり者だから、で片づけるような話とは違うぜ。行き帰りの途中で戦に巻きこまれることだってある。お前自身の命がかかった話だろうに」

やっと杯を口に運び、一気に酒を飲み干した大楠は、分厚い唇を手の甲で拭(ぬぐ)った。

「まあいいさ。それで、巴屋だったな……どんな店だ？　質屋なら江戸にはごまんとあるぞ」

「あんたも篠田と一緒にきたはずだから、覚えがあるだろ？　質草は、けいという名前の篠田の妻女さ」

「と、いうと……あの質屋は、巴屋というのか」

「思い出したか？　その巴屋だ」

宗太郎は篠田兵庫の証文を、大楠の膳の前に放り出す。

「これは……」

太い指で拾い上げた証文を広げた大楠は、すぐに目を見開いて絶句した。

「あんたから金を取り立てようとは、思わない。だが篠田が死んだからといって、手ぶらで江戸に戻るわけにはいかないんだ。篠田がどんな風に死んだかを、話してくれ。巴屋の主人を納得させるために、聞かせなくてはならない」

いいながら宗太郎は、納得させるのは松ノ助ではなく、けいの方だな——と、胸の中でつぶやいた。

証文に目を通し膝の横に置いた大楠は、三杯、四杯、と立て続けに酒を呑み下し、ようやく唸(うな)るような声を出した。

「そういうことか……篠田のやつ、あれきり何もいわなかったから、てっきり金は返したのだとばかり思っていたが……待てよ、それじゃあ、あのけいという女は——?」

宗太郎は、杯にゆっくりと口をつけてから、ひとつうなずいた。

「指ひとつ触れず、大切に扱っている。主人は変わり者だ、といったろ——質草になっているあの女も、相当な変わり者だがな」

「それにしても篠田のやつ……」

「篠田から、何か遺品のようなものを預かっていないか?」

「いや、逃げ出すのに精一杯で、とてもそんな余裕はなかった」

驚きのせいか酔いが回ったせいか、大楠はすっかり虚勢を脱ぎ捨て素の顔つき、言葉つきになった。

「篠田とは、いつからのつき合いなんだ？」

「長くはない。知り合ったのは、彰義隊が結成されてからの話だから……上野の山の戦までの、せいぜい、ふた月か三月のつき合いさ。やはり上野で死んだ狩野と俺とは、同じ長屋の浪人同士で、長かったんだがな……篠田とは、それほど長くも深くもなかった」

「糸瓜顔の狩野か……」

狩野の特徴を無表情に語る、けいの声と横顔がちらりと記憶の中をよぎる。

「その時分、俺と狩野は香具師の真似事などをして、食っていたんだ。俺が高下駄を履いて馬鹿みたいに長い刀を抜いて見せて、客が集まったところで膏薬を売っていた」

大楠は、箸で刀を振る真似をして見せた。

そのような大道芸は、宗太郎も何度も見かけたことがある。頭の中で、大楠と顔を知らない狩野が客を集めている光景が、思い浮かんだ。

「膏薬というと傷薬か……」

「傷にはもちろん、火傷に皮膚のただれ、虫さされ……我が大楠家伝来の膏薬は、なかなか評判が良くてな。同じ長屋に住んでいた器用な奴に頼んで、蛤の器に絵を描いてもらったのも良かった。一見してえらく効能がありそうだと客は思ってくれたから、狩野とふたりで、その日の酒が呑める程度には売れたもんだ」

　やっと箸を置いた大楠は、また酒を呑むと遠くを眺める目つきになった。「ある日、客として何回かその膏薬を買ってくれて顔見知りになった篠田が、声をかけてきた。〝彰義隊が、人を集めているらしい。伝手があるから一緒にやらないか〟――とな。それなりに刀を扱えるということで、前から俺たちに目をつけていたようだ」

「稲垣泰三も、前からの知り合いだったのか？」

「稲垣は、その後しばらくしてから篠田が連れてきた。神田松永町に住む御家人の部屋住みだ、とか何とかいっていたが、やつらもそう古いつき合いじゃない風だったな」

　そこまでいうと、大男はまた、酒を呑み干した。

「それで……？」

　一方の宗太郎は、用意しておいた穀紙と矢立を懐から取り出し、大楠の言葉の要点を記し始める。

「金が出ると聞いて、俺たちは一も二もなく飛びついた。事実、篠田は金を持っていたし、一度だけだが、天野（あまの）という彰義隊の副頭取にも引き合わせてもらったよ。それから、俺たち四人は負け戦の日まで、やつの金で毎夜、酒を呑んで気勢を上げていただけさ。後は、江戸でまごまごしている薩賊（さつぞく）の連中をからかったり、喧嘩（けんか）を売るくらいだったな」

「巴屋を訪れた頃だな」

「そういうことになるかな……うむ、あれは彰義隊に合流するすぐ前だった」

宗太郎の考えの中に、疑問が走った。

（つまり、篠田兵庫は金を持っていたにもかかわらず、巴屋を脅（おど）し十両もの金を引き出し、けいを置いていったということか……なぜだ？）

杯を手にしたまま大楠は、ふぅ……と息を吐いた。

「あの頃の彰義隊ってのは、三千人もいたと聞いたよ……だが、歳（とし）の若い者が多かったし、町人やごろつきまで混ざっていたから、たまに顔を出すと、二本差していた俺たちはなかなか威張（いば）ってたもんだ。まあ、実際に篠田は剣術の腕が立ったから、皆から頼りにされていたしな」

（けいも篠田は達人だ、といっていたな。その篠田に目をつけられたということは、おそらくこの大楠も、それなりの腕前なのだろう）

「――だが、良かったのもそこまでさ。あの日は、戦がおっ始まる前から間断なく雨が降っていて、気が滅入ったのを覚えている」

「そうだったな、あの日は雨だった……」

肌寒く感じさせる雨の中、住んでいた本所松坂町の長屋まで遠く響く砲声や、空気に僅かに混ざる硝煙の匂いが不意に蘇り、宗太郎は思わず筆を止めた。

慶応四年皐月十五日――その日、篠田兵庫、大楠虎之介、狩野十内、稲垣泰三の四人は他の彰義隊の者とともに、雨の落ちる上野寛永寺黒門口周辺で、薩摩を主力とする新政府軍と戦った。

兵の数一万を超える新政府軍に対して、総攻撃までに脱落者が相次ぎ、二千人足らずとなった彰義隊だったが、それでも開戦当初は一進一退の戦いを繰り広げた。しかし、圧倒的な兵力、火力の差は如何ともし難く、勝敗は半日で決し彰義隊は潰滅、生き残ったある者は会津へ、ある者は北信越へ、ある者は海路を奥羽へ……と、散り散りに敗走を始めた。

大楠たちも、かねてからの相談に従って会津に向かうことに決めたが、新政府軍の砲撃により狩野は既に戦死、篠田も新政府軍兵の銃撃によって、かなりの重傷を負っていた。

「気がつくと、篠田が座り込んでいたんだ。小銃の弾か砲弾の破片かが、左の腿の骨まで達したとかで、袴がぐっしょりと黒く濡れていたよ。ものすごい脂汗を流していてな。それでも俺は奴を励まして、ここは一旦引いて会津へ行こうと何度もいった。何なら、会津まで背負ってやる、とまでいったんだ」

大男は、酒を続けざまに流し込んだ。

「けれど、どうせこれだけの血が流れると助からない。それならこの場に残り、最後まで敵を食い止め、いよいよとなったら腹を切ると篠田はいい張ったんだ。早く会津へ行け、これ以上俺にかまうとお前といえども斬る、とまでいって刀を向けられたよ。そうなると置いていくしかなかろう？　結局、俺と稲垣のふたりだけが、彰義隊の他の生き残りと共に会津へ向かい、こうしてたどり着いた……」

――以上が、宗太郎が大楠から聞き書きした篠田兵庫の最期だった。

五

「仕方がなかったのだ……」

つぶやいた大楠は、それきり黙り込み、手酌でまた酒を呑み始めた。

聞かされるままに書き記していた宗太郎は、それで筆を措いた。

後は大楠に名前を書かせ爪印を押させれば、帰ることができる。

稲垣にも会えれば会って話を聞きたいところだが、これでも十分に思えた。

しかし、肩の荷がほぼ下りかけている解放感も、篠田兵庫をもう捜し回らずに済むという安心感も、戦の真っ只中を会津までたどり着き、依頼をほぼ成し遂げつつある達成感もなかった。

(松ノ助はともかく、これで、けいは納得してくれるだろうか……?)

まず、質草を流すという篠田の了承も、請け出す金も得ないまま江戸に戻った後、けいがどうなるかが気になった。しかしそれは、松ノ助が決めることだ。自分が考えても仕方がない、と頭から追い出した。

(これで、帰れるな……だが——)

それでも何かしら、心の底にわだかまるものが広がっていくのを感じるのだ。

わだかまりの正体は何なのか見つけ出す気持ちで、宗太郎は二枚に亘る自分の墨跡を改めて読み返した。

宗太郎は、会津に出立する前日、縛られ番屋に転がされていた、元彰義隊の若者が話したことを思い出していた。

彼が見たのは、目の前のこの大男で間違いないだろう。だとすれば、大きな背中に隠れて叱咤されていた男は、やはり篠田兵庫ということになる。

少しの沈黙の後、顔を上げずに宗太郎は口を開いた。

「――あんたを疑うわけじゃないが、ふたつみっつ、確かめたいことがある」

「何だ……？」

「話を聞いた限りじゃ、つまり……あんたは篠田が死んだところを、はっきりと見てはいない」

「そういうことになるな――だが、篠田本人からあそこまでいわれれば、もう面倒は見きれない。こちらも本音じゃ、一刻も早くあの場から逃げ出したかったこともあったしな」

「……本当に篠田は死んだのだろうか？」

「万にひとつも助かるまいよ……上野の戦じゃ、鉄砲で撃たれて死んだ者は幾人も見たさ」

　また酒をひと口で呑み込んだ大楠は首を振り、ため息をついた。「あるいは、すぐに手当をして血を止めれば助かったのかも知れんが、ましな薬もなければ時間もなかった」

「大楠家伝来の膏薬は、どうしたんだ?」

　大楠はまるで気にした風もなく、ただ酒を口に運んでいった。

「ありゃ、ちょっとした切り傷、擦り傷なら効くが、あそこまでになっちまうとな……腿を撃たれた篠田は、弾が骨まで達しているから立ち上がることもできない、といっていた。それでもあの男なら、座り込んだまま不用意に近づいた敵兵のひとりやふたりを道連れにして、死んでいったと思いたい。実際に、それができる男だった」

「そういえば、えらく腕が立つらしいことは、御内儀もいっていたな……」

　今度は、篠田について話す時のけいの輝くような表情がちらつき、妙に苛立たしいような気分になった。

「手負いとはいえ、新政府軍の兵も下手に近づけば斬られる怖れがあるから、放っておくか離れた場所から銃撃するしかないだろうな。もしかしたら、篠田を捕らえようとして、怪我をした間抜けもいたかも知れん」

大楠は、無精髭に覆われた頰の端を久しぶりに緩めた。

「そんなに腕が立ったのか？」

「知り合ってすぐ、戯れ半分で竹刀を持って打ち合う真似事をしたのだが、まったく歯が立たなかった。こう見えて俺も、剣術の腕にはそれなりの自信があったのだが……まるで子供扱いだ。俺だけじゃない、彰義隊でも篠田とまともに打ち合える者など、そうはいなかったんじゃないかな」

宗太郎は、不意にけいの言葉を思い出す。

「刀を持たせれば十人力、百人力……か」

「聞けば、江戸でも名の通った一刀流の道場で、師範代まで務めたというじゃないか。俺たちでは相手にならんのも、当たり前といえば当たり前の話だな。まだ俺たちと知り合う前、実際に江戸で悪さをしていた薩賊の野郎を斬ったことがある、ともいっていたよ」

（けい――あの質草の女と知り合った時も、篠田はそんな話をしたといっていたな……）

「やつが一緒だから、俺たちは安心して、江戸の薩賊をからかうことができたんだ。だが、そんな篠田の剣術でさえ、新政府軍の新型銃にはかなわなかったということさ。

特に、あのアームストロング砲だ。彰義隊は、あれに負けたみたいなもんだよ」

自嘲の笑みを浮かべる大楠に、顔を上げた宗太郎はさらに問いかけた。

「もうひとつ、引っかかることがある――篠田は、金回りが良かった、といっていたな？」

「ああ、おそらく隊から、金を引っ張っていたのだろうよ。食い詰めた連中を、入隊させる運動資金のようなこともいっていたが、詳しいことまでは知らんな」

「――だったら、なぜ巴屋で金を借りる必要がある？　それも、自分の御内儀を質草にしてまで」

「そりゃ、たまたまその日に限って、手元に金がなかったということさ。それに――今はくだらぬことをして済まないと思っているから、怒らんでくれよ――強いていえば悪ふざけ、かな……」

「悪ふざけ？」

悪ふざけで、自分の女房を質屋に押しつけたのか!?　――宗太郎は、怒りで上目遣いになる。

酔った大楠は、宗太郎の気配に気づかず、続けた。

「あの頃、彰義隊の名前を出してゆすりを働く連中もいたのは、知っているよな？

もっとも、薩賊も似たようなことをしていたが……」

「ああ、俺も江戸の人間だから、それは見聞きしている」

　宗太郎は、苦虫を噛み潰した表情になっている。

「餓鬼がするような、ある種の度胸自慢、悪自慢とでもいうのかな、またそれを吹聴する者もいてな。それで暇を持てあまして酒ばかり呑んでいた俺たちも、一丁やってみるか……と、なったのさ。いい出したのは、確か篠田だったはずだ。だから、自分の女を質草に差し出した」

「いたずら心でそんな真似されちゃ、いい迷惑だ……巴屋にも、質草になった御内儀にも」

「だから、済まない、といったんだ——それに、やらずぶったくりで金をゆすり取るよりは、よほど上品だろうが」

　宗太郎はこの事について、それ以上、大楠を責める気を失った。主導したのは篠田兵庫なのだから。

「とにかく質草が質草だ、あんたから話を聞くまで、普段は羽振りの良い篠田のことだから、とっくに金は返して女を請け出したと思い込んでいた。それを……何を考えているか、時々わからねぇところのある野郎だったが、確かにそれで済む話じゃねぇやな。死ぬ前にひとことといってくれれば、会津に向かう前に質屋に寄って、金はないなりに、事情を話して聞かせたものを」

それからも大楠は、杯を口に運ぶ合間合間に、冷たい野郎だ情の薄い野郎だ、と繰り返し口にした。「――死んだからいうわけじゃないが、そもそも俺は、端から篠田の野郎が気に入らなかったんだ」

「なぜ」

「だってそうだろう？　やつは剣の腕が立つし金を持っている。それなのに、口を開けば『徳川家に報恩』だの『薩賊を江戸から追い払う』だの、酒が呑めるからくっついているだけのこっちにしちゃあ、どうでもいいことばかりさ。あげくに、戦に巻き込みやがって……狩野は死んじまうし、江戸にいられなくなった俺もこのざまよ」

（この大楠虎之介という男も、俺と似たところがある。一歩間違えれば、金に釣られて俺もこうなっていたのかも知れない……そう考えると、とても嗤えやしないな）

そんな宗太郎の心中を知るべくもない大楠は、呂律がかなり怪しくなった口調で、まくし立て続けた。

「……その上に、金も返さず自分の女を質屋に置き去りだと？　つくづく胸くその悪い野郎だ……！　あの女も女だ、あんな男に惚れ込んで、いうがままに質草だと？

おい、聞いているか？」

「聞いているよ――それより、こいつに名前を書いて爪印を押してくれ」

「あ、ああ」

宗太郎は身を乗り出して、篠田兵庫が死んだ経緯について聞き書きした紙と矢立を、大楠の前に置いた。

大楠の語る篠田兵庫が死んだ経緯は、それなりに筋が通っているように思える。この大男が嘘をつく理由も思いつかないし、その様子も見られない。

それでも、何かが引っかかった。

納得をしようとすればできる、だがどこかですっきりと説明しきれないもやもやが、宗太郎の胸に積もっていった。しかし、これ以上あれこれ聞き出そうとしても、大楠のこの酔いっぷりでは、話が混乱するだけだろう。

このあたりが、引き上げる潮時かも知れない。

宗太郎は、畳に直に広げた穀紙に向かって、のし掛かるようにして背中を丸めて名前を記している大楠に、何気なく声をかけた。

「仲間だった稲垣泰三という者は、あんたと会津まで落ちてきたんだろ？　会えないだろうか。……いや、今の話でも十分だが、念のためだ」

「稲垣か……確かに、会津でもずっと一緒だった」

「どこにいる?」

「それが……ここ数日、見かけないのだ。実をいうと、稲垣もこの場に連れてこようと思って、あんたと落ち合う約束をした後、俺なりに心当たりをあちこち捜したのだが、どこにもいなかった。この会津の町のどこかにいるのだろうが……間が悪いというか、ついてない男だよ、あいつも」

「間が悪い、とはどういうことだ?」

「あんたは、ひとりで江戸からこの会津までやってきたんだろ? そして、これからまた、江戸に帰る」

「途中まで、いろいろと手助けしてくれる者がいたせいもあったが、ね……。それと稲垣と、何の関係がある?」

「その手助けしてくれた者ってえのは、猟師か樵夫(きこり)……あるいは、昔なら関所破りなどしてた類の者、そんなところだろうよ——どうだね?」

酔眼(すいがん)でひとり合点する大楠は、返事をせず曖昧(あいまい)にうなずく宗太郎に、自分の推測が正しいとでも思ったのだろう。乱れた文字で名前を書き込み、爪印を押した穀紙を宗太郎に戻すと、再びどっしりと腰を落ち着けた。

「ひと月前ならともかく、今時分、江戸から会津にやってこようなんて者は、そうはいない。見たわけじゃないが、会津は新政府軍に包囲され、街道筋もあいつらであふれかえっているに違いない」

「ああ、どこもかしこも新政府軍の兵だらけだったよ」

宗太郎は、腕をさすった。「俺は道祖神を拝んだお陰で、ついていたんだ」

「あんたのように、江戸の匂いのする者は、すぐにとっ捕まっていたはずだが……それが、こうしてここにいる。と、なると、やつらに知られていない道を使ったはずだ。稲垣がいっていた、小田山の隠し道――違うか？」

「……何がいいたい？」

あの隠し道は、意外に知られているのかも知れない……宗太郎は内心で、自分を待っているはずの速水のことを思った。あの三人組のような誰かがあの隠し道を使い、速水とことを起こす前に帰りたかった。

大楠はそんな宗太郎に、膝でにじり寄った。

「やはりそうなんだな？　だったら、あんたが江戸に帰る時に、稲垣を同行させてやって欲しいのだ」

「それは……どうしたものかな――」

宗太郎は、言葉を濁した。

速水は気の良いところのある男だが新政府軍に属し、旧幕勢力の一掃に燃えている。元彰義隊の稲垣とは敵味方同士ということになるのだから、どんな行動を取るか、すぐに思い浮かべることができなかった。

「肝心の本人がいないのに、俺がこんなことを頼むのは何だが、どうにかならんか？必ず両三日以内にやつを捜し出し、引き合わせる」

大楠は改まって座り直し、両手をついて深々と頭を下げた。「何とか頼む……！」

「上野の山での件といい、見かけによらずお節介だな、あんた」

「お節介にもなる。顔を合わせれば、江戸での思い出話や残してきた母への心配ごとばかり、聞かされるのだからな」

「それはつらいな」

手にした杯に視線を落とすこの大男は、自分か肉親の誰かに稲垣の境遇を重ね合わせているのかも知れない。

「さっきもいったが、稲垣は部屋住み……貧乏御家人の三男坊だ。先への不安もあったろうし、若気の至りもあって篠田の話に乗ってしまったところがある。だから今回のことで、江戸の家人に迷惑をかけたかも知れないと気に病んでいたんだ。まして、やつの家は父が早くに亡くなっていて、兄がひとりと母が残っているだけらしいからな」

やっと顔を上げた大楠に、宗太郎は何げなく尋ねた。

「他人のことはともかく、あんただって江戸の生まれだろ？　自分は帰りたくはないのか？」

「俺は……会津に残る。江戸に帰っても、何があるわけでもない。かといって、北に向かっても、やはり戦いが待っているだけで同じことさ。だったら、ここに残る。守るべきものを見つけちまったから、仕方ねえよ」

大楠が見つけたものは何なのか、聞かなくてもわかった。

（やはり、この男と俺は似ているのかもしれないな……）

「だが、稲垣が守りたいもの、早い話が母親は、江戸に残したままだ。兄のことも気になっているに違いない。そこに、どうやら小田山に、会津を抜ける隠し道があるらしい——などと吹き込んだ者がいたらしくてな、それからというもの、妙な目つきで隠し道のことを繰り返しぶつぶついっていたよ。まるで、見ていられなかった」

「……！」

その瞬間、もやもやに小石を投げ込まれたような気分になった——。

（小田山の知られていない隠し道……）

胸の中に、波紋の輪が繰り返し広がっていく。

「だから、な、頼むから稲垣を連れていってやってくれないか?」

もう一度、頭を下げようとした大楠の表情が、困惑のそれに変わった。「どうした、いきなり怖い顔つきになって……?」

「連れて行くことはできない。だが、俺がきた道の絵図を描いてやるから、次に稲垣に会ったら渡してやるといい」

自分でも驚くくらい、暗い口調で宗太郎はいった。


自分が通ってきた、小田山の隠し道を絵図にして描き終えた宗太郎は、壁に広い背中を預けていびきをかいている大楠を見た。肩を揺すっても、起きそうには思えなかった。

（篠田兵庫の証文を拡げた時の様子を思うと、字は読めるようだな……これで、意味が通じれば良いのだが）

宗太郎は、絵図を裏返すと『ヲマヘガ　ツカヘ』と端に小さく書き記した。その絵図を細く折り畳んで、大楠の懐に突っ込んで立ち上がる。

見当通り、すっかり酔い潰れている大男は、それでも起きなかった。

まだ、明けるまで間がありそうだが、宗太郎は三畳間の襖を開いた。

一睡もしていなかった。

酒を呑めば呑むほど頭の芯が醒めてしまい、幾度となく大楠から聞き出した記憶と自分の記憶とを突き合わせ、解いては結び直す作業を繰り返していた。

それがやっと、つながった気がした。

外に出ると、暗い廊下の奥で様子をうかがっていたらしいタキが、入れ違いで心優しい大男が眠っている三畳間に向かった。

急ぎ戻った小室重蔵の屋敷には、既に梶原章吾がいた。

梶原は宗太郎と座敷で顔を合わせるなり、「うわっ、酒臭いなあ」と笑い、すぐに自分の役目に取りかかる顔になった。

「大楠虎之介に会ったのですね？」

「ああ」

「あの男は今、どこにいますか？」

梶原の問いかけと目つきで、自分がひと晩かけてつなぎ合わせた考えに確信を持った。

できれば間違っていて欲しい気持ちも、あった。

「道の端で立ち話をした後、すぐに別れたから知らんな」

「そうですか……実は、例の押し込みですが、中のひとりが大楠と一緒にいた稲垣という男に似ていたらしいのです。柏木さんがお捜しの、稲垣ですね。ですから、ぜひ大楠に会って話を聞かなければならない。あの男なら、いろいろと知っていると思うのです」

「俺は大楠と別れてから、ひとりで呑んでいたんだ。随分と時間が経っているし、やつがどこにいるかなど知らんよ」

大楠から話を聞いても無駄だ――。

稲垣泰三の行方など知りはしないし、見つかるはずもない――。

稲垣は、とうにこの世にはいないのだからな――。

そう教えてやったら、目の前のこの青年はどういう態度に出るか少し興味もあったが、いえるはずなどない。何より今は、自分の目的を果たすための時間が惜しかった。

そこに入ってきた重蔵に、篠田兵庫はやはり上野の戦で死んでいたことがわかったのですぐに江戸へ戻る、と宗太郎は伝えた。

誰かに途中まで送らせよう、という重蔵の申し出は丁重に断った。

今は、一刻も早く答え合わせをしたかった。

どんよりと雲が低くたれ込め、今にも雨が降り出しそうだ。

そんな空模様と同じように、胸につかえたもやもやは晴れるのだろうか……と思いながら歩く宗太郎の足は、自然と早まった。

【六】瑞雨

一

陽が高くなるにつれて妙な蒸し暑さが増し、汗がとめどなく流れ落ちる。終わったはずの夏が、戻ってきたような気分だ。

抜いた刀で藪を払い、樹の幹に手をかけて自らの体重を引き上げ、宗太郎は直線的に斜面を登る。掌といわず腕といわず擦り傷だらけになったが、そんなことは気にもならなかった。

お陰で上りであるのに、会津の町に向かった時よりも短い時間で、速水が待つはずの小屋にたどり着くことができた。

眩しさに目を細めて、陽の位置を確かめた。正午の少し前あたりだろうか。

汗ぐっしょりで小屋に歩み寄り、入り口に立てかけられた戸板をずらし中をのぞきこんだが、速水の姿はなかった。荷物も見当たらない。

ひとまず中で速水を待とうと、腰を屈めて足を踏み入れた時、背中に声をかけられた。

「――早かったですね。用事は片づきましたか？」

振り返ると、抜き身を提げた速水が立っていた。体質なのか、あまり無精髭は目立たず、相変わらず湯上がりのような顔つきだ。

「小屋があるのに、外で寝ていたのか？」

「ああ、これは失礼しました」

宗太郎のとがめる目に、速水は刀を鞘に収めた。「山の中にこんな目立つ小屋ですから。二、三人ならともかく、大人数に囲まれて火でもかけられたらお終いです。お陰で、ずいぶんと虫に食われましたが……」

「用心深いんだな」

「元からの性格でして……戦というものは、ちょっとした油断が命取りになりますから、私のような性格の者に向いた職業なのかも知れませんね」

やんわりと笑った速水は、宗太郎にうなずきかける。「それで、篠田兵庫は……手がかりだけでもつかめましたか？」

「死んでいたよ」

宗太郎は、あっさりといった。

「それじゃあ、一件落着ですね。ともかく、小屋の中で詳しく聞かせてください」

「いや、こうなった以上はぐずぐずせず、江戸に帰りたい」

「この一件が片づいたら、あの酒を呑もうと約束したはずですよ。それとも、今はそんな気分ではありませんか？」

黙って小屋から少し離れた土がこんもりと盛られている場所へ視線を移動させた宗太郎に、速水はちょっと唇を曲げてみせた。「……ああ、なるほど、死体が埋まっている近くで呑むのは、あまり気持ちが良いものじゃあない。気持ちはわかりますよ」

「それもあるが、まだこの件はすべて片づいちゃいない」

一瞬、考える風を見せた速水は、すぐに微笑を浮かべた。

「——けいさん、といいましたっけ……その質屋の蔵にいる御内儀は。それに、質屋の主人にも知らせなければ、確かに終わりとはいえませんね。けれど、そんなことをいい出したら、私まで江戸へ一緒に行かなければ、酒が飲めないじゃないですか」

宗太郎は、言葉を聞き流して草鞋の紐を締め直した。

「——とにかく、行こう」

まだ何かいいたそうな速水に構わず背を向けた宗太郎は、声に出さずにつぶやいた。

（そんなことよりも先に、片づけなきゃならないことがあるんだよ、速水――）

さっさと歩き出した宗太郎の背中に、速水がからかいを含んだ声をかける。

「待ってくださいよ、柏木さん。そんなに急いて帰ろうとするなんて……もしかしたら、やはり質草の御内儀が恋しくて早く帰りたいのではないですか？」

宗太郎は、速水の言葉を無視した。

言葉だけではなく速水の存在そのものを無視したように、先を急いだ。

それでも時々、思い出したかのように立ち止まり、彼が追いつくのを待った。時には座り込み、かなりの間、待つこともあった。

やっと追いついた速水は、足手まといになっていることを謝りながらも、鞍擦れと草鞋履きがつらいと、来た時と同じ泣き言をつけ加えた。そんな時の速水は、軍装で乗馬している時や、刀を握っている時とはまるで別人に見える。

それでも宗太郎は、速水のいうことを最後まで聞かず、彼が追いつくとまた、すぐに歩き出した。

陽が落ち切るまで半日、ふたりはそれを繰り返した。

宗太郎は、速水と無駄に言葉を交わしたくなかった。

歩きながら話すようなことではないと、思っていたからだ。

　結局その夜は、楢（なら）の木が生い茂った林の中で過ごすことにした。

　明日もこの調子で急げば、一番近い新政府軍の陣――大内宿（おおうちじゅく）に、ほどなく着くはずだ。

「どうしたのですか、今日の柏木さんは。まるで私を置いてきぼりにしたいみたいでしたよ……」

　宗太郎が集めた枯れ枝で火を熾（おこ）しているところに追いついた速水は、荒い息をつきながら怒ったような笑ったような口調でいうと、地べたに腰をおろした。

　陽が落ちきって、すぐのことだ。

（この先に待っているものを思えば、あるいはそうした方が良いのかも知れない……）

　宗太郎は、ちらりと思った。

　しかし、それではもやもやが晴れず、すっきりとはしない。

　速水は、か細く焚（た）いた火の前で蒸餅（むしもち）をかじりながら、さらに不満を口にする。

「置いていっても私の口添えがなければ、この先から江戸までの道のり、いらぬ苦労をするのは柏木さんなのに……」

　宗太郎は、速水から分け与えられた蒸餅を、奥歯で噛み砕いた。

「午過ぎから雲が広がっていたな。明日は、雨になりそうだ」

「だから、急いでいたのですか？　だったら、やはりあの小屋で雨をやり過ごした方が良かったのでは？」

　一度、空を見上げた速水は、自分の着ている小袖にその視線を移す。「荷物になると思って大内宿の陣で着替えてきたのですが、こんなことなら、こいつは風呂敷に包んだままかついで行って、ぎりぎりまで着慣れた軍装でいた方が良かったかな……。結局は、会津には行かないで済んだわけですしね。軍装なら、多少の雨も気にならない」

「おそらく、その方が良かったろうよ」

　宗太郎は投げやりに応えて、小枝を頼りない炎に放り込んだ。

「そうだ……陣に着いたら、誰かから借りて柏木さんも軍装を試してみると良いでしょう。きっと、気に入りますよ。動きやすさに、驚くと思いますね。特に革でできた靴は、草鞋など比べものにならないほど足もとがしっかりして、こんな場所では実に具合が良いものです。これからは我が国でも皆、軍服に限らず洋装に移っていくでしょう」

「そうなるかも知れんな……」

宗太郎は小さな火を見つめ、ぼそりといった。「――このあたりで、やっぱり酒でも呑むとするか」

「すべてが片づくまで、お預けじゃなかったのですか？」

「お前と、明日で別れることになると思ったら、気が変わったんだ」

「そんな寂しいことをいわないでくださいよ、柏木さん。酒を呑む気になったのは、嬉しいですけれどね」

速水は旅嚢から取り出した褐色の瓶を、宗太郎に差し出した。

受け取った宗太郎は、キルク栓を抜き、中の酒をひと口ふた口流し込む。

まるで酒の味は感じず、ただ微かに刺激のある液体が、喉を落ちていく感触があっただけだ。

「………」

炎の上を宗太郎に手渡しされた瓶から、同じように直接口を当てて酒を呑んだ速水は、ふぅ、と息を吐く。

「うん、美味い……柏木さんが、ここで呑む気になってくれて良かった」

速水はガラス瓶を膝の間に置いて、身を乗り出した。「そろそろ篠田兵庫の一件、どうなったか聞かせてください。私には、話してくれても良いと思いますが」
「ああ、そうだな。本当のことをいえば、お前に話したくてうずうずしていたんだ」

二

焚き火の照り返しを顔に受けながら、宗太郎は、会津の町の手前で小室重蔵たちに出会ったところから語り始め、大楠虎之介が酔って眠り込んだところで語り終えた。狩野十内の戦死と稲垣泰三が大楠と最近まで一緒にいたことは、ごく簡単に話したが、梶原章吾とタキについては省いた。

速水は、ひと通りの話を聞いて眉をひそめた。

「……つまり、篠田兵庫が死ぬ前に質草の御内儀のことを大楠へ話していれば、柏木さんもこんなところまでやってくることもなかった——ということですね。篠田というのは、実に迷惑な男だな」

速水の手からガラス瓶を取り上げた宗太郎は、相変わらず味を感じないままの酒を呑み下すと静かに笑った。

「だが、篠田があれこれいい残して死んでいたら、俺は今頃、陽の当たらない長屋で空きっ腹を抱えて、伸びていたかも知れん。お前にしたって、ある程度の会津の内情を知ることができなかったはずさ」

「それもそうですね」

「だが大楠は、戦に巻き込んだ篠田を恨んでいたよ。質草の御内儀を置きっぱなしで死んだ篠田は冷たい男だとも、しきりにいっていた。それでも俺にいわせれば、少なくとも御内儀の件は、篠田なりの考えがあってやったことだろうと思っている」

「へえ、篠田の肩を持つとは意外ですね」

速水は、上目遣いに宗太郎を見た。「――ところで、会って話が聞けたのは、大楠だけだったのですか？　お話をうかがうと、もうひとりの仲間が会津にいるはずですが」

「稲垣か……会えなかったよ。死んでいる人間と、会って話ができるわけがないさ」

「そうですか……会津にいってから、死んだのですね」

視線を外した速水は、うつむき、枝で小さな焚き火を掻き回した。

時々、秋のひんやりとした夜風が吹き抜ける。

その度に炎の中で、燃えていた枝が小さく爆ぜ、微かな火の粉が上がった。

――と、宗太郎が不意に口を開いた。

「ところで、鞍擦れの具合はどうなんだ？　今日は、ずいぶんとつらそうだったが」

「口でいうほど、大したことはありませんよ。例の膏薬も塗っていますから」

「袴を脱いで、その鞍擦れとやらを見せてみろ」

「え……？」

一瞬、真顔になって動きを止めた速水は、すぐに如才なく笑顔を作った。「お見苦しいものを、ご覧に入れるわけにはいきませんよ」

しかし、宗太郎は笑わなかった。

「いいから脱げよ」

「もしかして、柏木さんにはそんな趣味があったんですか？　いっておきますが、私の方には――」

手の中のガラス瓶を見つめながら、宗太郎は雑談の続きのようにいった。

「鞍擦れはわからんが、本当は左腿の傷がつらいんじゃないのか？　……なあ、篠田」

ぱちり、とまた細い枝が爆ぜた。

黙りこくったふたりの男の表情を照らす炎が揺らめき、陰影を作る。

遠く林の奥で、名の知れぬ鳥の甲高い啼き声が、短く響いた。

それがきっかけになったのか、静けさに耐えられなくなったかのように、速水が微かな笑いを交えて口を開いた。

「参ったなあ……いつ気づいたのです？」

速水は、あっさりと認めた。

「大楠から、会津にいるはずの稲垣の行方がつかめないと聞いた時に、ある考えが頭に浮かんだ——昨日の早朝、俺たちを襲った三人組の中で、お前が斬った男は、もしや稲垣ではないのか？　……と。そう考えると、段々と話がつながってきた」

「お聞かせください」

煙がしみたのか、目を瞬かせ顔をそむけた速水の口ぶりは、抑えたものになっている。

宗太郎もまた、世間話のように語って聞かせた。

「江戸への帰還を熱望していた稲垣は、この小田山の隠れ道について、大楠に話していた……それが四、五日前の話だ。その時点では、彼もおそらく詳しいことまでは知らなかったのだろうな。大楠は、そんな口ぶりだったよ」

微笑を消さず、速水は枝で焚き火をつついている。

「それで——？」

「だがその後、あの手槍の男か、もうひとりの小太りかが隠れ道についてどこからか詳しく聞き出し、稲垣を誘ったとなるとどうなる？　知った以上、稲垣は一刻も早く江戸に帰りたい。けれど、その途中で必要になるだろう路銀がない」

「そこでふたりの仲間と共に、商家への押し込みを働いた、というわけですね」

「そうだ。押し込みまでやっちまった以上、ますます会津にいるわけにはいかなくなった。急いで知ったばかりの小田山の隠れ道を、他のふたりと共に江戸に向かったのではないか……そんな考えに行き当たった」

「愚かな男ですよ……この山を越えても、先には新政府軍がひしめいているのだから、素直に江戸へ戻れるはずもないのに」

速水は、炎をぼんやりと眺めながらつぶやいた。

「何より一番の誤算は、その隠れ道でお前に出会ったことだよ……速水」

「だからといって、この速水興平が、その稲垣とやらをなぜ斬らなければならないのですか？」

「俺の前で、速水興平が篠田兵庫と同一人物だと、稲垣の口から漏れるのを止めたかったのだろう」

酒をひと口呑んだ宗太郎は、ガラス瓶を炎の脇に置いて、続けた。「稲垣は、お前と出会って驚いた。死んだとばかり思っていた篠田が、まさかこんな山奥にいたのだからな」

一旦、言葉を切った宗太郎は、新しい枝を焚き火に放り込む。

枝にはまだ湿り気が残っていたせいか、煙が立ち上った。

けれど宗太郎は、煙越しに速水へ強い視線を当て続けていた。

「これが新政府軍の姿のままだったら、あるいは人違いで済ますこともできたかも知れないが、生憎お前は、稲垣がこれまで見慣れていた篠田兵庫の姿だった。今着ている小袖や袴は、元からお前のもの……さらにいえば、上野の山での戦で身につけていたものかも知れない。こうなるともう、見間違いようがない」

「この衣服のこと、よくわかりましたね……なぜ――」

軽い驚きの表情を見せる速水に、宗太郎は広げた左掌を突き出し、今は待つようにとの仕草をして見せた。

「稲垣は、お前の腕前を知っているから、そうと気づくとすぐに勝ち目がないとあきらめた、あるいは、話し合おうと思った……そのあたりの細かい気持ちまではわからないが、闘う意思のないことを知らせるために、刀を下げた。稲垣は、元から上手く喋れない質だ――これは、巴屋やけいから聞いている。混乱やら興奮やらで、言葉など上手く出せるはずもない。そんな稲垣を、お前は斬り捨てた」

「………」

「その後でお前は、手傷を負わせた者から尋問するからと、俺に膏薬を取りにいかせ、あの場から遠ざけた。今思うと、あの男から稲垣の名前が出て、俺に聞かれることを恐れたのだろうな」

「口止めしていたのです……〝ここで稲垣の名前を出さなければ、斬らないでやるし、大内宿の陣にいる官軍への助命の文も書いてやる〟と、ね。ついでに、大楠らしい者を見かけていることも聞き出しました」

速水は、やれやれ、といった顔つきでため息をついた。「お陰で、いろいろと計算が狂いましたよ。上野の戦では会津に落ちのびるといっていたふたりですが、大して信用していませんでしたから」

「そこで、とっさに筋書きを変えた。俺の腕前をおだて上げて、会津へひとりで行かせることにしたんだ。お前まで一緒に会津に行けば、大楠虎之介に出会っちまって篠田兵庫だと気づかれる怖れがある。そうなれば、またひと悶着（もんちゃく）が避けられない」

「柏木さんの腕前を誉（ほ）めたのは、本心からですよ」

脇に立てかけた刀をちらと見た速水は、すぐに視線を宗太郎へ戻す。

「そこでさっきの話だ。大楠から聞いて、思い当たったこともある——お前の誇さ」

宗太郎は、速水の袴の左半分に残る血の染みと、繕った跡に視線を当てた。「大楠の話じゃ、篠田は左腿に銃弾を受けて流血し、立ち上がれないほどだったというぜ」

「なるほど……それでこの袴が元から私のもの、上野の戦でつけていたものだと気がついたのですね」

「お前は、乗馬による鞍擦れだの、久しぶりの草鞋のせいだのと言い訳をして、随分と歩きづらそうだった。それも少しはあったかも知れないが、本当は左の太腿の傷が治りきっていないんだろ？　上野の山の戦から、まだ三月かそこいらだからな。途中、誘っても沢に入らなかったのも、傷痕を見られることを恐れたせいだろうぜ。……本当に撃たれたのか？」

「自分から撃たれにいったら、都合良く太腿に銃弾を受けることなどできませんよ。当たり所によっては、致命傷です」

速水は声を上げて笑った。「ははは、小柄を使って自分で自分の腿をえぐるというのも、なかなか加減が難しいものなのですね。しかもどさくさに紛れて、急いでやらなきゃなりませんでしたから、手元が狂って深く刺し過ぎました」

「やはり、自分で自分を刺した傷か」

自分の左の太腿に目をやった速水は、子供のように笑い続けた。

「思った以上に出血してしまい、前もって話を通しておいた官軍の者に助けられるまで、何度も気が遠くなりかけました。お陰で傷がふさがった今でも、山道のつらいことといったら――」

小柄で自分の太腿を刺しえぐる速水の光景を想像した宗太郎は、焚き火に視線を落とした。

「これでなかなか、大変な役目でしてね……柏木さんは、もうお気づきのようですが、私は篠田兵庫を名乗って彰義隊に潜り込み、内情を薩摩に通報していた〝狗〟だったのですよ。大楠たちと行動を共にしたのは、周りの者に疑われないよう、御公儀を贔屓する御家人崩れの浪人らしく見せかけるためです。まったく、信じてくれた彼らには感謝しなければいけませんね」

「羽振りが良かったのは、薩摩から金が出ていたお陰なんだろうな……」

小さな炎を見つめていた宗太郎は、顔を上げ、じっと速水の顔を見つめた。

速水は、特に今までと変わらず、さばさばとした顔つきでいった。

「私が薩摩に走った御家人の倅だという話は、本当です。けれど、金が欲しいなどという私心で動いていたわけでは、決してありませんよ。御公儀に政を任せていては、日本は駄目になると思い、望んで薩摩の〝狗〟になったのだということだけは信じてください」

宗太郎は、突き放す口調でいった。

「どうでもいいさ——そういう話は興味がないといっていただろ」

「そうでしたね、では……自分でいうのも何ですが、私は〝狗〟としては優秀でしたよ。生まれついてのものなのでしょうかね……演じるということが、楽しかった。大楠たちに対してもそうでしたが、人を観察して気持ちを推察し、望んでいる人物を演じるなど簡単なことです」

宗太郎は、焚き火の横のガラス瓶に手を伸ばし、またひと口、ぬるく燗がついた格好になった酒を呑み下すと、元あった場所に置いた。

昨夜から少し呑み過ぎだ、とも思ったが、いくら呑んでも酔った気がしない。

「……そんなことより、聞きたいことがまだ、ある」

「何でしょう？　今さら隠すことなどありませんよ」

「そもそも、宇都宮で俺を捕らえて会津へ向かう目的を知った時に、自分が篠田兵庫だ、と俺に教えてくれれば、ことはすっきりと収まっていたはずだ」

「宇都宮の時は、まず柏木さんの正体を知りたかったですからね。その後も何度か機会はあったのですが……たとえば、大内宿で酒を飲んで、私は酔った振りをしながら、しきりに新政府軍に協力するよう誘ったでしょ？」

「やはり、あれは酔った演技だったのか」

　宗太郎は苦笑する。

「あの時、柏木さんが本当の仲間になってくれていれば、けいのことも含めてすべてを話していましたよ。もちろん、篠田兵庫という私は上野の山で戦死したと、すぐに江戸の巴屋へ帰って伝えてもらうつもりで……けれど、取り付く島もなく機を失しました」

「それで、俺を会津へ行かせるしかなくなったわけだ」

「まぁ、そんなところですね」

　速水は、宗太郎が焚き火の横に置いたガラス瓶に手を伸ばした。

と、その右手首を宗太郎が摑んだ。

「今さら隠すことは、ない——じゃなかったのか？　本当は、俺を会津へ行かせたかったのだろ」

　真っ直ぐに見つめる宗太郎の視線を、速水は受け止めると、いきなり明るく笑い出した。

「参りましたね……すべてを話さず、会津まで一緒に行くと言い出したのは、同じ新政府軍の、他藩の動向を探るためですよ。今は共に戦に臨み、勝利を目前にしていますが、御一新が成された後には、必ずや内輪で主導権争いが起きる。新政府軍といっても、所詮(しょせん)は寄せ集めですから。柏木さんを利用して会津の内情を探りに行くというのは、隊への口実で……隊長の黒川(くろかわ)を始め、連中も信用しきれません」

宗太郎は、他の隊を追い越す度、それに時間を見つけては小さな帳面にペンシルで、何かを書き付けていた速水の姿を思い出した。

「これも〝狗〟の役目、というわけです」

「俺が聞きたいのは、そんな建前じゃない、お前の本当の目的だ」

宗太郎は、やっと手から力を抜いた。「大楠はお前のことを、実は情の薄い冷たい男だといっていたが、俺はそう思わない。本当のお前は、優しい男さ」

摑まれていた右手首を大げさに揉(も)む速水は、しかし微笑を消さなかった。

「いきなり何を言い出すのですか……〝狗〟の役目は、冷酷でなければ務まりませんよ」

「お前は〝篠田兵庫は上野の山の戦で死んだ〟と、けいに伝えて欲しかった。お前が稲垣を斬ってまで、自分の正体を隠そうとしたのも、けいを巴屋に質入れし請け出すことなく消えたのも、あの女を戦に巻き込みたくなかったからだ……違うか？」

「〝狗〟の私が、道具に過ぎない女に、何でそんな気遣いをしなければ、ならなかったのですか？」

「利用しようと思って近づいたけいに、惚れたから……だろ？」

「…………」

速水はガラス瓶から、ふた口、三口と、酒を喉に流し込んで息を吐いた。「質屋のくせに、情に厚いという巴屋の評判は聞いていました。ならば、けいを質草として置いても大切にしてくれるのではないか……と。柏木さんが巴屋の使いとしてやって来た時は驚きましたが、あの主人ならありうることだと思いましたよ。お陰で――」

さらに速水がいいかけた言葉に、宗太郎が言葉を重ねた。

「俺はけいに会ったが、ずいぶんと激しい質の女だった。巴屋に預けていなければ、上野の山までお前についていったかも知れん。あるいは上野の負け戦の後で、最初からいやしない篠田兵庫を狂ったように探し回っていただろうな」

「…………」

「だがお前は今さら、けいの前に姿を現すことはできない。何せ、けいが信じた彰義隊の篠田兵庫ではなく、薩軍の速水興平なのだから。かといって、けいへの想いを捨てて去ることもできず、天下国家のための〝狗〟である一方で心の片隅でずっと気にかけていた」

「それで……?」

横を向いた速水は、ガラス瓶を傾けた。

「そこで、偶然に捕らえた俺を使うことにした。会津まで行って、大楠から話を聞いた俺の口から篠田兵庫の死を伝えれば、流石のけいもお前をあきらめて、新しい暮らしを始めることができる。巴屋の出方次第だが、少なくとも、最初からいやしない篠田兵庫の影を追い続ける一生よりは、はるかにましだろうよ」

「巴屋の方なら心配はいりませんよ、借りた金は返します。大内宿の陣に着いたら、用意させせましょう。柏木さんは、その金を巴屋に返してけいを自由にしてやってください。……そうだ、その金とは別に、柏木さんには、骨を折っていただいた手間賃をお支払いしなければいけませんね」

速水は、ガラス瓶を焚き火に透かして、残りの酒の量を確かめながらいった。「金を持って、柏木さんが江戸に帰ればすべて落着です。もちろん、無事に帰れるよう便宜は図りますし、江戸まで誰か供の者をつけましょう」

宗太郎は、手でガラス瓶を渡すよう示した。

「ああ、だが、それじゃあすっきりしないんだ……」

酒を喉に流し込んだ宗太郎は、口を手の甲で拭(ぬぐ)うと、炎を見つめて静かにいった。

「——俺はお前を斬るよ」

「なぜです……？」

速水は、ちらと傍(かたわ)らに置いた刀に何度目かの視線を向けたが、手は伸ばさなかった。

「もしかしたら、稲垣を斬ったことを怒っているのですか？」

「それもある。大楠虎之介に同情もしている。もちろん、巴屋やけいのこともある。日本の行く先がどうしたというのだ……そんなもののために、斬られ、惑わされ、生き様を狂わされた者がいる」

整った顔を能面のように引き締めた速水に、宗太郎は告(つ)げた。「だが、それよりも俺の気持ちだ。死んだはずの篠田兵庫が目の前にいて、こうして酒を呑んでいる……すっきりしないんだ、それじゃあ、すっきりしない。どうすればすっきりするのか？簡単なことだ、篠田兵庫は死んでいたというなら、実際に死んでもらえば良い。それですべての辻褄(つじつま)は合う。けいに、初めて〝篠田兵庫は死んだ〟といえるんだ。本当に丸く収まるってのは、そういうことじゃないのか、速水？」

宗太郎は、炎を見つめて自分に語りかけるようにして、話し続けた。

「弱りましたね……」

「金などどうでも良い、篠田兵庫は間違いなく死んでいた――ただそのことを、けいにはっきりといえれば良いだけだ。それで初めて、自分が請け負った仕事を全うできる」

一気にいった宗太郎はしばらく黙り込むと、ガラス瓶を速水に差し出した。「底に少し残っているだけだ、残りは全部、お前が呑んじまえよ、速水」

「けれど柏木さん……改めていいますが、あなたに私が斬れるでしょうか？」

速水は、酒の瓶を受け取らず上目遣いに宗太郎を見た。

宗太郎は、ほっと息を吐き他人事のように応えた。

「――無理だろうな。だが、それならそれで構わない。実をいうと、これまで三十年近く生きてきて、これほど充実した数日間はなかったさ。だから、もやもやとしたものを残したくないだけだ」

「私は柏木さんを斬りたくないし、できれば我々の仲間になって欲しいと思っています。今の話を聞いて、ますますその思いを強くしました」

「無理だな」

「日本をこれから西洋列強に伍する国にしなければならない。けれどそのためには、今回の御一新のように多くの血を流さなければならない。大義のために、取り残され踏みつけにされる多くの人々も出てくるでしょう」

「お前が惚れちまったけいもそのひとり、ってわけか？　大楠も、稲垣も――」

それでも、速水は取り合わずに続けた。

「誰がこれからの日本を導くかなど、まるで興味を抱かない柏木さんなら、そんな多くの人々に目を配り働いてくれる気がします。所詮、国といっても人の集まりだ。世情が落ち着けば、あなたのような人は必要になってくる。だから、斬りたくはない」

「知るか、そんなことは。俺は自分のことだけで、精一杯だ」

ガラス瓶を焚き火の脇に置いた宗太郎は、腕枕でごろりと横になり、速水に背中を向けた。「俺は寝るぞ」

「それが良いでしょう。ひと晩ぐっすり寝れば、気持ちも変わるかも知れません」

「油断させて寝込みを襲うような真似（まね）はしないから、お前も寝ろ」

「あなたの気性はわかっています」

速水は、やっとガラス瓶に手を伸ばし残った酒を飲み干すと、宗太郎の背中に声をかけた。「ねえ、柏木さん――眠ってしまう前に……」

「まだいいたいことがあるなら、さっさと済ませろ」

話を続けるのに躊躇（ちゅうちょ）していた様子の速水が、こっそりといった。

「……けいという女は、柏木さんから見て美人でしたか?」

「何だって、そんなことを気にする?」

宗太郎は目を閉じたまま、面倒臭そうに答えた。「きりっとした気の強そうな女で……女には縁がないからよくわからんが、まあ、いい女といえるだろうよ」

「柏木さんがいった通り質屋の主人には日頃から世話になっていて、恩を感じて断れなかった……金も欲しかった……これは、おそらく本当のことでしょう。けれど、ただそんな理由だけでこんな戦場にやってくるものでしょうか? ずっと、そこが引っかかっていたんです」

「この程度の人捜しなら、江戸から出ずに、すぐ片づくと思ってたからな……これで満足か? 今度こそ、本当に寝るぞ」

しかし、速水はすっといい放った。

「——もしや、けいに惚れたのではないですか?」

「なぜ、そう思う……」

「その女のために、夫が生きているのか死んでいるのかだけでもはっきりさせてやりたいという気持ちが、柏木さんをこんなところまで来させたのではないですか?」

「………」

「確かに、食い扶持や質屋への恩返しもあるでしょう。けれど……あくまでも勘に過ぎませんが、柏木さんがけいに惚れていると考えれば、すっきりするような気がしたもので」

たった今まで、そんなことは自分でも考えもしなかった――いや、考えようとしなかった。しかし、宗太郎の目蓋の裏には、巴屋の薄暗い土蔵で正座して壁を見つめるけいの横顔が、今はくっきりと浮かんでいる。

「そうかもな」

ぶっきらぼうな返事をどう受け取ったのか、しばらく宗太郎の様子をうかがっていた速水が、ささやいた。

「あなたも、けいのために働いていたのですね――寝入り端に、申し訳ありませんでした。それじゃあ……」

「………」

しかし、宗太郎は応えず、速水も重ねて問いかけはしなかった――。

三

頬に落ちた滴に、宗太郎は目を覚ました。

静かな雨が降っている。

生い茂った枝葉を天幕代わりに、檜の樹の根本で寝ていた宗太郎だが、時々、隙間からの細かい雨や葉を伝わった滴が落ちてきた。

昨日よりもさらに雲がたれ込め、しかとはわからないが、まだ夜明け前だろうか。

宗太郎は、速水が横になっていた場所に視線を向ける。

焚き火はすでに消え、速水がいた場所には刀と菅笠に旅嚢が置かれているだけだ。

夢も見ずに、ぐっすりと眠ることができた。酒気も抜けている。ただ、湿り気を吸った衣服が少々不快なだけだ。

立ち上がり少し離れた場所で長々と放尿していると、背後から地面に落ちた枝葉を踏む音が聞こえた。

「——起きましたね」

振り返ると、速水がいつもの穏やかな調子で声をかけてきた。

「どこに行っていた？」

「目が覚めてしまったので、このあたりを見て回っていました。途中で水が湧いている場所があったので、顔を洗って……水も汲んできましたよ」

速水は水を満たしたガラス瓶を、自分の目の前で差し出して見せる。昨夜飲み干した酒が入っていた、ガラス瓶だ。

「この雨の中を、か……妙な男だな、今さらだが」

「少し早いですが、朝飯を食いませんか？　といっても、代わり映えのしない蒸餅ですが」

「俺は水だけでいい。ものを食う気が起こらん――お前は好きにしろよ」

　宗太郎は身を屈め、草鞋の紐を結び直した。「済ませるべきことを、早いところ済ませて、すっきりしたい」

「やはり、気は変わりませんか？」

「…………」

　黙ってうなずいた宗太郎は、一刀を腰に手挟（たばさ）んだ。

「仕方ないですね。私も、柏木さんを斬りたくない気持ちに変わりはありません。けれど、斬られたくもありません。これからの世の中のこと、新しい日本のことを考えると、私にはやることが多すぎて、こんなところで死ぬわけにはいきませんから」

　ため息をついた速水は、雨に濡（ぬ）れていない場所を探すと腰をおろした。「この林を抜けた先で、少しばかり広い場所があります。平らでそれほど草も茂っておらず、立ち合うには格好に思えます――そこでどうですか？」

「何だ、お前もその気で場所を探していたんじゃないか」

「そうでなくとも、〝狗〟の習性で先をあれこれ考える質だと知っているでしょう。私は腹ごしらえをしてから行きますので――」

「わかった。早くこいよ」

宗太郎は、手真似で寄越すよう促したガラス瓶を受け取り、水を呑んだ。

ただの水が、この上もなく美味いと思った――。


林を抜けると、速水がいっていたらしい場所に出た。

いきなり三尺（約九〇センチ）ほどがくんと落ちた斜面から降りると、十畳ほどの広さの平らな草むらになっている。その先は、谷底まで続く崖だ。

誰かが畑にでもしようと試みたものの、途中で放り出した場所なのかも知れない。

宗太郎は、菅笠も荷も、腰から鞘ごと抜いた刀も、まとめて傍らに置いた。

下りてきた斜面に背中を預け、腕を組んで座り込む。

まったく、空腹感は覚えていない。

間断なく降り注ぐ、細かい雨も気にならない。

ただただ、今は速水を斬って、あるいは自分が斬られて、すべてを終わりにしたいとだけ思っている。

すっきりしたい——それだけだ。

もちろん、速水に勝てるなどと思ってはいなかった。

記憶に焼き付いた、速水が稲垣を斬り上げ斬り下ろした光景が、また蘇る。

(示現流か……)

幼い頃から貧乏暮らしの宗太郎は、道場など通ったことはない。

父親から教え込まれた抜刀の動きを、暇にあかせて何度も繰り返していただけだ。流派など知らない、まったくの我流である。父も流派を口にしたことはなかったから、やはり我流で身につけたものなのかも知れない。そんな反復の中で、宗太郎なりに思いついた工夫を加えてもいる。そしてまた、見えない対手に向かって工夫を取り入れたその動きを、ひたすら繰り返す日々を送った。

一昨日の朝、宗太郎はその剣術を初めて人に使った。

刀を鞘から抜く動作を利用して、柄頭で対手の拳や肘を叩く動作は父から教わった抜刀の型にあったものだ。だが、自分の肘で対手の肘や拳を撥ね上げたあの時の動作は、宗太郎の工夫である。

いずれにしても、抜き始めながら対手の懐に飛び込み、抜ききった時には対手の胴から首筋、あるいはあの手槍の男の時のように、腕を斬り上げるものだ。他流派にも似た技はあるかも知れないが、道場に通ったことのない宗太郎に知る由はなかった。

従って、宗太郎の抜刀術は、もはや〝柏木流〟といっても良い。

ともかくそんな動きを念頭に、宗太郎は今一度、速水の構えを思い浮かべた。

突進しながら抜き放つ、下段からの斬撃をかわせるか？

かわしたとしても、息つく間も与えず振り下ろされる凄まじい迅さの刀刃が左肩、あるいは頭に深く食い込むだろう。

最初の斬撃をかわし、速水よりも速い踏み込みで懐に飛び込んで肘で腕を撥ね上げる。それが無理でも、刀を抜ききることができるかどうか……。

（まあ、無理だろうな……）

何度考えても、振り下ろされる速水の剣を身体に受け止める自分の姿しか、思い浮かばない。

（だが、最初から相討ちを狙えば……）

今の宗太郎の頭にあるものは、速水を斬ることだけだ。

松ノ助からの頼みも、けいの将来も、自分の命もそこにはない——。

ただ、すっきりしたいという欲望が宗太郎を駆り立てている。

それはまるで、阿片の一服のためにすべてを犠牲にする耽溺者の、渇望にも似た欲求だった。

（やはり相討ちしかないか……。下手に自分が生き残ることを考えていては、ただ一方的に斬られるだけだ。やつの刀を身体に受けながら、さらに一歩踏み込んで確実に首の急所を斬る、それしかない。問題は、先に斬られてそれでもまだ、刀を抜ききる余力があるかどうか……腕を斬り落とされることもあるだろうし、頭に一撃を受けた場合に、人はなおも動けるものなのか……？）

何度、自問自答を繰り返しても、絶望的な結末しか見えなかった。

それも仕方あるまい……と、宗太郎がため息を吐いたところで、刀を杖代わりに斜面を下りてくる、菅笠姿の速水が目に入った。自分で傷つけた左の太腿が痛むのか、久しぶりの袴と草鞋のせいか、刀を握っている時とはまるで別人のへっぴり腰である。

「お待たせしました――」

速水は、菅笠を脱ぎ捨てると、薄く笑いかけた。

つい先ほどまでの頼りない姿が、見る見る歴戦の剣士のそれに変身した。

「早いところ、やろう」

宗太郎も立ち上がり、刀を腰に差し直した。

向かい合う速水との距離は二間（約三・六メートル）ばかり、宗太郎にとっては右手側が斜面となり、左腰の刀を抜きやすい位置となっている。

もちろん、意識してその位置を取ったのだ。

「そういえば、ふたりで会津に向かう前に、柏木さんは斬るなら私の手で斬って欲しいといいましたよね？　こんな形で望みを叶えてさしあげることになろうとは、思いませんでしたよ」

「黙ってろ」

宗太郎は取り合わず鞘の栗形に左手を添え、刀の柄を握った。

「巴屋には、大楠虎之介の聞き書きと共に、十両を添えて送っておきますからご心配なく。柏木さんは、賊軍と行動を共にすることに決めた、とでもしておきましょうか……」

「お前が死んだらどうする……？」

宗太郎は背中を丸めて、じりっと間合いをつめた。

「それはありえません。たとえ千度立ち合っても、私が負けることはない」

雨の滴がしたたる下で速水は目を細めて刀の柄に手を添え、薩摩示現流の構えを取りながら、いった。

殺気がみるみる膨らみ、宗太郎を圧する。

「そうだろうな」

「その上、柏木さんの抜刀術は一度見ています。負けようがありません」

「俺も、お前の示現流を、一度見ている」

「そうでしたね。けれど、おそらくは振り下ろす私の刀の方が、迅いと思いますよ」

「百も承知だよ」

「それがわかっているのに……やはり、柏木さんは斬るには惜しい人です」

いいながら、速水は、じりっと半歩間合いを詰めた。

それを見て取った宗太郎も、半歩踏み出す。

最初の一撃をいかにかわすか？

どうやって速水の懐に飛び込むか？

どこに刃を受ければ、それでも刀を抜く動きを止めずに済むか――？

宗太郎は、速水のごくわずかな動きさえ見逃すまいと集中し、雨も風も感じていない。自分と速水以外はすべて、何か透明な壁で隔てた、遠い世界にある感じだ。

と、いきなり速水の爪先が、後退した。

「――なるほど、相討ち狙いですか……危ない危ない」

速水の余裕の表情が、雨の向こうにあった。「ねえ、柏木さん……それは無謀というものですよ。腕の差を考えれば、おそらく相討ちにもならないでしょうね。あなたの刀が抜ききられる前に、斬り倒されてお終いです」

「だが、お前は引いたぜ」

「ええ、あまりにも馬鹿馬鹿しく思えたもので。そもそも、上手く相討ちになって、ふたりともここで倒れてしまったら、江戸の質屋に預けられたままの、けいはどうなるのです？」

宗太郎にしても、もちろん、そのことについては考えた。

しかし結局、結論は出ないまま、考えるのをやめた。

……速水のいう通り、どう工夫しようが、相討ちにさえならないという予感があったからだ。たとえ相討ちを仕掛けようが、自分は斬られ、速水は生き残る。いくら考えを尽くしても、そんな未来に疑いが持てなかったのだ。

けれど、それでも良いと宗太郎は思っていた。

ただ、せめて速水にひと太刀を振るいたい。たとえ刃(やいば)が触れなくとも、それで多少なりともすっきりできる気がした。

そして、自分は斬られて死ぬ——その場さえすっきりすれば、宗太郎はそれで良い。

けいのその後については、速水がよろしくやってくれるだろう。

——しかしその直後、宗太郎はそんな気分に冷水を浴びせられることになる。

「私が勝つにしろ、むざむざ柏木さんの注文に乗ってしまうのも、面白くないですね……では、これでどうでしょう」

速水は背筋をすっと伸ばすと刀を抜いて、青眼に構え直した。

その瞬間、宗太郎は「あっ」と声を上げかける。

大楠虎之介から、篠田兵庫——すなわち速水興平は、一刀流の道場で師範代を務めるほどの腕前だと聞いていた。薩摩示現流ばかりに考えがいっていた宗太郎は、今になってそれを思い出したのだ。

(しまった……!)

「示現流は付け焼き刃だと、いったはずですよ……本当は長年稽古していたこちらの方が、しっくりとする」

もちろん、通常の剣術に対しても宗太郎の工夫を加えた抜刀術は通用するだろう。けれど、それを一度目にしている速水は、対応する策を思いついているに違いない。だからこそ、懐を広く空けた示現流ではなく、今の構えを選択したのだ。

まして、速水は実戦で斬った人間も数知れず——片や宗太郎はまったくの自己流で、生身の対手に刀を抜いたのも先日が初めてである。

（勝てるわけが、ない……！）

万事は休した。

思考は真っ白となり、宗太郎はまったくの木偶と化した。

宗太郎の動揺を見て取った速水は、躊躇しなかった。

「……失礼！」

ぎゅっ、と薄い唇を噛んだ速水の右足が、地面を蹴る。

本能が、逃げろと命じた。

しかし宗太郎はその場に踏み留まった。

目前に速水が迫っている。

「――！」

宗太郎の意識はすでになく、ただ身体に染みついた動きで腰をひねりながら刀を抜いていた。

手応えはない。

かわされた！　斬られる！　――宗太郎は目を見開いた。

ところが、速水の刃先もまた宗太郎には届いておらず、左肩からのめる動きで、急激に身を沈めた。

宗太郎の刃をかわすための、動きではない。

掌の中に、握った刀の切っ先で何かをかすった軽い感触が伝わった。

「うっ……！」

速水は短く息を吐き、そのまま宗太郎に抱きつくようにして、ふたりで斜面に倒れ込んだ。

宗太郎を取り巻く時間の流れが、ゆっくりとしたものに戻っていく。

それで初めて、足もとに落ちている速水の刀に気づいた。

（どういうことだ……？）

どうやら、自分は斬られていないようだ、とだけわかった。

一体全体、何が起こったのか混乱した気持ちで素早く振り返ると、泥の中につんのめり、その姿勢から何とか立ち上がろうと地面に両の掌をつく速水の背中が目に入った。そして、泥水が染みた、右足の足袋の裏が――。

その足指に辛うじて引っかかっている草鞋が、一瞬の間に何が起こったのかを宗太郎に教えてくれた。

速水が自分を斬りおろそうと踏み込み、力を込めた瞬間、履いていた草鞋の紐が切れた、あるいは外れてしまい、足を滑らせたのだ。

これも、軍装に長靴を愛用し、しばらく草鞋を履いていなかったためか。あるいは、左腿の傷のせいで無理な歩き方をしていたために、草鞋に余計な負担がかかっていたためか。

もしかしたら、その両方なのかも知れない。

その間も、何とか立ち上がろうと藻掻く速水は、また無様に足を滑らせて、短い呻きを上げた。

「くそっ……！」

速水は、普段の彼には似合わない罵声を、短く吐いた。「こんなところで死ねるか！」

何度か立ち上がろうとするが、うまく身体を動かせないようだ。

やがて立ち上がることをあきらめ、身体をごろりと横に回し、膝立ちのまま何とか脇差を抜こうとするが、これも手が震えて叶わない。

宗太郎が闇雲に抜いた刀の切っ先で速水の左肘あたりの袖が裂け、露わになった白い肌から流れる血が雨に洗われている。

ここに至って、初めて勝負がついた、と悟った宗太郎は、それでも右手に刀を提げたまま慎重に距離を測りつつ、ゆっくりと速水に歩み寄った。

　やはり、宗太郎も震えていた。

「運がなかったな、速水……」

「………」

「――それで、どうする？　まだ、やる気かい？」

「いや、こうなっては、無駄でしょう……」

　あきらめて脇差からも手を放した速水だが、宗太郎はまだ、刀を鞘に収めない――それ以前に、握った柄から指が離れなかった。

「それなら、ここで死んでもらうことになるな……」

「そのようですね……」

　座り込んだまま速水は、両手を使い苦労して鞘ごと腰から抜いた脇差を、宗太郎の足もとにがしゃりと投げ出した。「けいのこと、よろしく頼みます。新政府軍の通行手形も旅嚢に入っていますから、忘れずに」

　宗太郎は返事をせず、やっと速水から目を離し、周囲を見回した。

（雨だな……一日、降り続きそうだ）

「新政府軍の者に何か聞かれたら、私は会津に潜入したものの戻ってこなかった、ということにしておけば良いでしょう。逃がしてやった手槍の先生が、新政府軍の陣にたどり着いていたとしても、それなら話の辻褄は合う」

「そうさせてもらうよ」

「ああ、そうだ……そうなると、陣で金を受け取れないな……せめて、旅嚢に入ってる金を巴屋に渡していただけると助かります。十両にはとても足りないでしょうが、けいの扱いがいくらかでも違ってくるでしょうし」

「心配するな。足りない分は、俺が受け取る手間賃から埋めておくさ」

いってから宗太郎は、果たしてそれで本当に足りるだろうか……と、頭の片隅でちらりと計算した。

まるで足りない感じだが、今はそういうしかなかった。

「頼みましたよ」

そんな宗太郎の心中を見て取ったのか、速水は泥で斑に汚れた顔を拭きもせず、少年のように笑った。

宗太郎は、笑わなかった。

「他に何かあるか?」

「私の骸は見つからぬよう、埋めておくことを忘れずに」

左腿の傷もあってか、速水は苦労して正座し直した。「上野での戦の時も、やっぱりこんな雨でしたよ。雨の日に篠田兵庫は上野で死んで、速水興平は雨の会津で死ぬことになるとは……まるで雨に祟(たた)られているようですね――」

「…………」

歩み寄る宗太郎が右手に提げた刀を濡らす雨の粒が、切っ先を伝って落ちた。

【七】質屋・巴屋

その朝、本所相生町の質店、巴屋の主人、松ノ助は何とはなしに気怠い心持ちで、帳場に座っていた。

数日は雨続きだった空模様も、三日前からやっと晴れ上がり、さらりとした空気になっている。そんな中、店先の掃除を終わらせた質屋の主人は、それでもう、今日の仕事が終わったような気分になっていた。

どうせ、新しい客を迎えることはない。たまに事情を知らずにやってくる者もいるが、店をたたんで田舎に引っ込むので、商売の後始末しかしていない――と説明すると、誰もが肩を落として帰って行く。

今はただ、貸した金を返しにきた馴染み客に質草を戻す、それだけのことしかしていない。大体は、利息どころか返済金をも負けてやることにしていた。その馴染み客にしても、ここ四日間ひとりも訪れていなかった。

もちろん、最初から質草を流すつもりだった者も多いだろう。その意図はないとしても、上野の山の戦からこっち、江戸を離れた者もかなりいるはずだ。中には幕軍の側に立って闘い、命を落とした者も多くいるに違いない。

当の松ノ助本人も、折りを見て店を仕舞い、江戸から離れるつもりである。

今日もおそらく、退屈な時間が過ぎるはずだ。

帳場で一日、居眠りでもしていることになるだろう。

土間の隅に放り出してある、将棋の歩の駒を模した質屋の看板をちらりと見た松ノ助は、自分でも知らぬうちにため息をついていた。

（土蔵の中では、季節の移ろいもはっきりしないかも……）

けいに、白湯でも運んでやろうか……などと、ぼんやりと思いながら帳面をめくる松ノ助は、店に入ってきた人影に顔を上げもしなかった。

「前からのお客様ですか？　うちはもう、新たな質草のお預かりはしておりませんが」

「俺だよ、柏木だ――」

「え……？」

松ノ助が丸くした目の先に、宗太郎が立っていた。

宗太郎の小袖、袴は古びてこそいるが、こざっぱりとしたものを身につけ、無精髭も月代もきれいに剃り上げていた。髷もしっかりと結い上げている。まるで、近所を散歩中にふらりと立ち寄った……という風情だ。

出立時の旅姿でないのは、一度、長屋に戻って着替えたのだろう。

貧しいながらも筋の通った浪人者、といった印象の今の宗太郎に、腰に差した一刀の剝げた鞘が、しっくりと馴染んで見えた。

「何だよ、その顔は……ははあ、もしかして手間賃の半金だけ受け取って、どこかに消えちまったと思ったか？」

「いえ、決してそんな……」

「昨夜遅くに江戸へ戻ったのだが、とてもじゃないが人前には出られぬ汚れっぷりでな……。ここに向かう前に、ちょいと湯屋に寄ってきたのだ」

それでちょっと黙った宗太郎は、ふっと息を吐くと、さり気ない風にいった。「篠田兵庫は死んでいたよ」

「……左様でございましたか」

「土蔵の御内儀は？」

「――変わりはございません」

松ノ助は腰を浮かせた。「お上がりください。どうせ店もただ開けているだけで、お客様もおいでにならないでしょうし、奥で詳しくお伺いいたしましょう」

母屋の座敷に通された宗太郎は、畳に置かれた茶をひと口すると、向かいに座るけいに無造作な口調で、改めていった。

「――篠田兵庫は、死んでいたよ」

けいは、ぴくりと肩を震わせたが、すぐにまた土蔵で壁を見つめている時の無表情に戻った。

そんなけいに代わって、彼女の左隣に座っている松ノ助が、問いかけた。

「……それは、確かなことでございますか？」

「ああ、確かだ。会津で、大楠虎之介に会った。この巴屋に篠田兵庫と共にやってきた、大柄で顎に傷のある男だ――そうだったよな、けいさん？」

「…………」

けいは無言でうなずいた。

「大楠は、上野の山の戦でもあんたの御亭主と一緒にいたそうだよ」

宗太郎は預かっていた証文と松ノ助の書き付け、懐紙の包みをふたつと大楠虎之介から聞き取った話を書き記した穀紙を、懐から順番に取り出し、目の前に並べて置いた。「包みは、篠田兵庫が亡くなる間際に大楠が預かっていたもの……それと、そっちは篠田兵庫が戦死した時の様子の聞き書きだ」

けいは大楠からの聞き書きにちらりと視線を走らせたが、手を伸ばそうとはしなかった。

「包みの方は、あんたのものさ……けいさん」

目で促されたけいは、恐る恐るという感じで包みに手を伸ばす。

それを横目に、松ノ助が宗太郎に尋ねた。

「あの……私は、そちらの聞き書きを拝見してもよろしゅうございますか？」

「もちろんだ。金を貸した松ノ助さんが、借り主の消息を知るのは当たり前のことだからな」

「では、失礼して――」

松ノ助は、手にした穀紙に目を走らせる。

その間、宗太郎は紙包みを開くけいの指先を、じっと見つめていた。

細工物のような細い指先が震えていた。

ひとつ目の紙包みからは、大蛤の殻に蒔絵を施し膏薬入れとしたものが――。

もうひとつの紙包みからは、斬り取られ、元結でまとめられた髻が――。

けいの頬と目元が紅みを帯びた。

「髷はともかく、蛤の膏薬入れには見覚えがあるだろ……？」

「はい……」

ふたつの品をそっと胸に圧し当てるけいから、宗太郎は思わず目を逸らした。

と、聞き書きをめくっていた松ノ助が、つぶやくように口を開いた。

「篠田様は、やはり上野の山でお亡くなりになったのですねぇ……」

「大楠以外の仲間も皆、死んだらしい」

「左様でございますか……」

「ここに来る前に稲垣の家へ寄ってきた。気は進まなかったが、大楠に頼まれちまったからな。母親も兄も、俺の前じゃ涙を見せなかった。気丈なものだ」

「彰義隊の件は、どのように？」

「稲垣の一家に、累は及んでいなかったよ。それだけが救いだな」

「それでは、誰も金を返しにこようにもこられなかったわけでございますね」

「そうそう、忘れちゃいかんな……その金を――」

宗太郎が懐に入れた指先が、金を包んだ布に触れた瞬間、けいがぼそりとつぶやいた。

「良かった……」

思わず振り向くと、けいは確かに微笑んでいた。

宗太郎は、端整な顔立ちの人形に、突然、血が通い始めたようなけいの表情から視線が離せないでいた。

しばらくの間、三人三様の沈黙が続いた後、松ノ助が少し非難がましい調子で、やっと口を開く。

「良かった――とは？　御亭主がお亡くなりになったのに、ですか……？」

「私を置いていったわけじゃなかった……あの人は帰ってくるつもりだった……」

けいは、掌の中にある篠田の遺品をじっと見つめた。「――それに、あの人は自分の信じるもののために闘って死んだのですから……私には、それが嬉しい……」

（やっぱりか……）

宗太郎は、篠田兵庫――速水興平が、けいを巴屋に預けた理由が、自分が考えた通りだったと改めて思い、死んだと思わせたかった心情もはっきりと理解した。

（まったく、素直じゃねえな……あの野郎も）

宗太郎は速水に軽い嫉妬を感じながら、懐から布で幾重にもくるんだ包みを取り出し、畳の上に置いた。

「金も取り立ててきた」

「え……？」

「そんな大仰に驚くなよ。大楠が篠田兵庫から、御内儀を請け出すための十両を預かっていたんだ。そいつを取り立ててきた」

「……驚きますとも。実を申しますと、貸した金に関しては、まったくあきらめておりましたから」

「じゃあ、何のために俺を会津くんだりまで行かせたんだよ」

「それは……まあ……御内儀様が可哀想でございましたから……。柏木様もお仕事を探しておいでのようでしたし」

宗太郎は、松ノ助に苦笑を向けた。

（ここにも素直じゃない男がいたな）

「何がおかしいのでございますか？」

「いや、何でもない……とにかく、これで御内儀を自由にしてやってくれ」

「残念ですが、それはできません――」

畳に広げた十枚の小判を見つめる松ノ助から告げられた予想もしなかった言葉に、宗太郎は耳を疑った。

「何だと……なぜだ？」

「利息、それに〝質草〟を預かっていた掛かりの分がございますので、お貸しした十両だけでは足りません」

松ノ助は、宗太郎をじっと見つめた。「――こちらも商売でございますので」

「それなら、俺の手間賃から払ってやるよ。それで足りるだろ」

「柏木様からは、受け取れません」

「どういうことだ、松ノ助……！」

声を荒らげかける宗太郎に、松ノ助は平然といった。

「金を借りたのは篠田兵庫様です。篠田様が支払うのが筋で、十両はその分でございますから、大いに結構。けれど、利息と掛かりの分も篠田様から受け取るべき金子で、柏木様から受け取るわけにはまいりません。従って、〝質草〟はまだ巴屋のものでございます」

「おい、何を考えている？　まさか、松ノ助、お前、あの御内儀を――」

「そこで、ひとつお話がございます」

松ノ助はちらりとけいを見てから、その視線を宗太郎に向けた。「柏木様、この巴屋を継ぐ気はございませんか？」

「なっ……」

「柏木様に、一切合切の質草ごと巴屋を継いでいただきたいのでございます。質草の御内儀を自由にするなり、雇ってやるなりは、柏木様がお好きになさればよろしいでしょう」

「お、おい、そりゃ、どういう――!?」

さすがに驚きを隠せず何かいいかける宗太郎に、松ノ助は両掌で「まあまあ」と押し止める格好をしてみせた。

「実を申しますと、私は柏木様が戻ってくるとは思っておりませんでしたし、それはそれで構わない、とも考えておりました。渡した半金も、長年おつき合いいただいた馴染みのお客様として、こちらの勝手な都合で店仕舞いするにあたっての迷惑料くらいの気持ちでございました」

「何だそりゃ……」

「ところが、案に相違して、命がけで金を取り立てて律儀に帰ってこられた……約束を違えないところなど、柏木様は質屋という商売に向いておられるように思えるのです」

「向いてないよ、商売などは」

それに、金を持って帰ってきたのも、何も巴屋だけのためじゃない……と、宗太郎は心の中でつぶやく。

「まあ、お聞きください……ご存じの通り、私はこの巴屋をたたむつもりでございました。けれど、決して商売が成り立たないから、というわけではございません。この先、御一新も落ち着けば江戸に普段の生活も戻るでしょうし、そうなれば、先行きはそう暗いものでもないと思えるのです。それに、跡継ぎのない私にとって、巴屋は手塩にかけて育てた子供のようなものと、お聞かせしたはず……残し続けたいという思いも、強うございます」

「………」

「何より、こんな混乱の最中に、頼る者を喪った御内儀をひとり放り出してしまうというのも、不人情に過ぎませんか？　でしたら、私は楽隠居、この店は柏木様に継いでいただいて、御内儀を女中なり何なりに雇えば、すべては丸く収まります。乗りかかった船、という言葉もございますよ。どうせなら、最後まで面倒を見ていただけると、皆、助かるのでございますが……」

宗太郎の心中を見透かしているかのような顔つきで、松ノ助は冷めた茶をひと口すすり、目尻に皺を寄せた。

【明治十年晩夏】

「戻ったぞ」

宗太郎が引き戸を開けると、帳場で宗明を抱いてあやしていたけいが顔を上げ、非難がましい視線を当てた。

「お客様かと思って、驚いたじゃありませんか。入ってくるなら、裏からにしてくださいませと、常々いっているはずです。仮にも主人であるあなたが、店先を出たり入ったりうろうろと……」

「うん。だが、面倒だ」

「何度申し上げても、お前の父様は――」

立ち上がったけいは、腕の中の宗明に話しかける。「お前は、あのように何もかも面倒臭がるような無精者になってはいけませんよ」

宗太郎が何かいい返そうとした時にはもう、けいは母屋に引っ込んでしまっていた。

——結局のところ、こうなった。


江戸が東京と名を変え、明治の御代となってから九年が過ぎた。

つまり、宗太郎が松ノ助からこの巴屋を受け継いでから、九年ということになる。

住む者の多くは、今では江戸という名よりも東京という名に馴染んでいる。

巴屋を引き継いで後、宗太郎はけいを妻にした。

長男の宗一は、九月の残暑の中、朝からどこぞへ遊びに飛び出してまだ戻っていない。どうせ午になれば腹を空かせて帰ってくるのだから、別に気にしてはいなかった。

速水にしても松ノ助にしても、なかなか勘が鋭いもんだ……と、宗太郎は今さらがら苦笑混じりに感心することがある。もっとも松ノ助は、会津帰りの宗太郎がいつになく小綺麗にしていたことで、それと気づいたのかも知れない。

（九年か……江戸——東京の様子も、速水や松ノ助のいった通りになったな……）

この九年間で、東京は目覚ましい発展を遂げた。

あの幕末の騒然とした空気、上野の山での戦のことなど誰も忘れた顔で、東京は以前以上の賑わいに浮かれている。そうなると、新たな仕事を求めて地方から人が流入し、人の数もうなぎ上りに増えていった。

お陰で質屋稼業もそこそこ繁盛し、今に至っている。

世間では〝武士の商法〟などという言葉が流行っているが、そもそも宗太郎は武士とも町人ともつかない世情に通じた貧乏浪人であったことが、幸いした。また、けいの美貌と煮売り酒屋時代に覚えた客あしらいも、客を惹き寄せるのにずいぶんと役立っているようだ。

巴屋を譲られた時の約束で、年に二度、儲けの二割を送っていた松ノ助も、三年前に亡くなった。

宗太郎が藤沢宿まで線香を上げに行った際、松ノ助は送られてきた金にほとんど手をつけていなかった、と彼の甥から聞かされ今後の送金は無用、とも告げられた。

松ノ助の甥は地元でも指折りの豪農で、金には執着がないようだった。それに加えて、松ノ助が密かにしたためていた遺言状に、巴屋を譲った代金はほぼ支払い終わった計算になっている、と書かれていたそうだ。

最近では子育てにてんてこ舞いながらも、けいは浮いた松ノ助への送金分で小僧のひとりでも雇い、いずれ暖簾分けなどさせようか、などといい出している。

当の宗太郎はといえば、髷を落としたのが六年前、今は後ろに撫でつけた髪に、幾筋かの白いものが混ざり始めている。腹周りにはいささかの肉がつき、正絹の羽織が似合うようにもなった。もちろん、年齢的なものもある。三度の飯どころか、同業者などとのつき合いで料亭、待合いなどに出入りする身分になったこともある。

刀は、質草として扱う時を除いて握っていない。

昨年の春に廃刀令が出された時にも、特にどうという感情は湧かなかった。

それがここにきて、妙に胸や腕がうずき出している。

九年前のあの時のようなもやもやが、心の中でわだかまり始めているのだ。

(――さて、と)

帳場に座った宗太郎は、煙草盆を膝脇に引き寄せて一服つけながら、注意深く聞き耳を立て、けいが母屋で宗明をあやしている声を確かめる。それでやっと、さっき外で買い求め折り畳んで懐に仕舞い込んだ新聞を取り出し、音を立てぬように注意深く拡げた。

明治十年二月に挙兵した西郷吉之助率いる私学校を中核とした軍勢と、新政府軍の戦い――西南の役もいよいよ大詰めを迎えた、と紙面には記されていた。

西郷たちが立て籠もる薩摩の城山を新政府軍は包囲し、総攻撃も間近のようだ。

(あの時の会津のようでも、あるな……)

宗太郎自身は、昔と変わらず政治のことなどはなから興味を持ってはいない。まして、遠い薩摩の地での戦である。

ただ、思うことはひとつ――

（速水のやつは、やはり西郷と行動を共にして戦っているのだろうか……そしてまだ、生きているのだろうか？）

そのことだけだ。

九年前のあの日、正座した速水興平は背後で抜き身の刀を提げた宗太郎に、最後の頼みを乞うた。

「斬る前に、髷を落としてもらえませんか？　陣に戻ったら、自分で落とそうと思っていたのですが……古い慣習から脱却して、多少なりとも新しい日本の礎になった者として……篠田兵庫ではなく、〝狗〟の速水興平として死にたいのです」

「それは構わんが……相変わらず理屈っぽいな、お前は」

「いずれ日本中の皆が、髷を落としますよ。おそらく、柏木さんもそうするでしょう。何より、手入れが簡単ですしね」

「これから斬られるってのに、手入れも糞もあるかよ……」

宗太郎は、思わず苦笑した。

背を向けたままの速水も、ひっそりと笑った気配がした。

「お願いします」

「じゃあ、とりあえず髷を落としてやろう」

しかし結局、宗太郎は速水の髷を落としただけで、ついに斬りはしなかった。

情けをかけたわけでも、貸しを作ったつもりでもない。

これからの日本に必要な人物、などと思うわけもなかった。

初めての人命を奪う行為に、臆したわけでもない。

速水の髷を切り落とした瞬間、これで篠田兵庫は死んだ——と思った。

目の前にいるのは、篠田兵庫ではない速水興平なのだ。速水興平は速水興平として、その時が来たら勝手に死ねば良い、と。

「髷は預かっておこう。質草になっている御内儀に渡しておくよ」

宗太郎は刀を鞘に収めた。

「斬らないのですか?」

きょとんとした表情で、速水が振り向いた。

穏やかな笑み、あるいは冷静で端正な印象の強かった速水だから、初めて見せるその顔つきが妙に可笑しく思え、宗太郎は笑いを噛み殺す。

「ああ、これで篠田兵庫は死んだのだからな。死人を斬っても仕方ないさ。俺はすっきりしたから、これでいい」

宗太郎は速水の前に回り込み、切り落とした髷をつまんでひらひらと振ってみせてから、懐に仕舞い込んだ。

「………」

「立てよ。雨の中、いつまでもそうしてると、身体に毒だぞ」

促されるまま立ち上がった速水は草鞋を脱ぎ、足袋だけになった。何もいわずに宗太郎の足もとに放り出した大小を拾い上げ、草むらの片側に落ち込んでいる谷底に投げ捨てる。

「こんなものを差したままでは、歩きづらいですからね――行きましょうか、柏木さん」

「そうだな……だがその前に、例の膏薬を傷に塗っておけよ」

「――柏木さん、知っていますか？」

旅嚢から大蛤の膏薬入れを取り出した速水は、少し口元をほころばせていった。

「この膏薬、大楠が調合して狩野と一緒に売っていたものですよ」

「本人から聞いたよ。それもお前が篠田兵庫じゃないかと、気づかせてくれた理由のひとつだ」

「人は見かけによりませんね。それにしても、これがもう手に入らないとなると、少々、残念な気分です」

「いや、そうでもないぞ……そういえば、昨夜、伝えてなかったな」

宗太郎は、『ヲマヘガ　ツカヘ』と書き添えた隠れ道の絵図を大楠虎之介に渡したことを、速水に聞かせた。「やつは会津に残るといっていたが、もしかしたら……ということもある。もしもあの隠れ道を使うなら、タキという女と一緒のはずだ」

「そうなると、十中八、九、新政府軍の網にかかりますね」

「そうなったら、お前がいろいろと手助けしてやれ。稲垣の時のように、斬るような真似はするなよ。それだけは約束しろ」

「しかし、向こうが私を篠田兵庫だと気づいたら、斬りかかってくるかも知れませんね……何しろ利用するだけして、裏切ったのですから」

「篠田と瓜二つの別人、速水興平で押し通せよ。篠田兵庫は死んだ、速水興平になり切るんだ」

「他人事だと思って、簡単にいいますね……まあ、できる限り演じてはみますが

――」

「お前は、優秀な〝狗〟なんじゃないのか？　演じるのが好きだともいっていたよな。……とにかく、その辺は何とかしろよ」

やがて、身支度を調え直したふたりは、雨の中、前後になって歩き出す。

「会津に向かう前とは、立場が逆になりましたね……」

「新政府軍の陣までの話だ。着いたらいきなり、俺が囲まれちまうかもな」

「誰にもいえませんよ、こんなこと。いえ、それよりも、髷だけ切られてこんなざんばら髪では、皆に笑われてしまう。落ち武者そのままだ」

速水は、菅笠をかぶりながらも、顔に張りつく髪をうるさそうに何度となく掻き上げてぼやいた。

「どこか雨をしのげる場所があったら、残った髪も剃り落としてやるよ」

「とりあえず、そうするしかなさそうですね。いきなり入道頭、とは」

「ああ、それで髪と一緒に、篠田兵庫とはきれいさっぱりお別れだ」

「――考えてみると、悪くないですね」

速水が少し笑った気配がした。「ついでに眉も少し剃ってしまえば、見た感じがずいぶんと違ってきます。その上での軍装なら、大楠に会っても速水興平で通用する気がしてきましたよ」

「軍装なんかより、いっそ袈裟でも用意して、坊主にでも化ければ良い」

それきり黙って歩き続けたふたりは、ちょっとした上りにさしかかった地点で、どちらからともなく立ち止まる。

「速水、腿の傷は大丈夫か？　つらかったら、歩みを緩めるが」

「心遣いは無用です。それより、陣に着いたら柏木さんが江戸まで何の邪魔もなく戻れるよう、手形を書きましょう。それに、質屋に返す金も用意しなければ」

「けいに伝えておくことはあるか？」

「何をいっているのですか、篠田兵庫は死んでいるのですよ。死人が何かを伝えるなんて、できるはずがない」

速水は荒い息を吐きながら、笑った。

宗太郎も笑った。

「――そうだったな。それで、速水興平としては、これからどうするつもりだ？」

「せっかく拾った命ですので、西郷先生に預けるつもりです」

「そうか……まあ、好きにしろ。俺は江戸で好きに生きるさ」

そんなとりとめのない会話を交わしてから、岩場を上りきると、いきなり眺望が開けた。

遠く草原の中で新政府軍の陣で人馬がひとかたまりに蠢いている様子が、雨に煙る中で辛うじて認められた——。

——あれから九年である。

その後の会津、そして箱館で繰り広げられた新政府軍の優位な戦いを考えれば、速水が戦で死んだとはとても思えない。

(だが、今度ばかりは……いや、やつが死のうが生きようが、知ったことではないはずだが、なぜかな？　これも俺のもって生まれた性分、ってやつか)

彼の笑顔を思い出すと、もやもやした気分になり、消し去ることのできなくなる宗太郎である。

速水と共に過ごした数日間——命の危険まで味わったあのぎらぎらとした充足感を、求めているのかも知れない。

(おそらく、今から薩摩に向かっても、着いた頃には戦も終わっているだろうな。しかも、廃刀令が出たばかりのこのご時世に、刀を差してのこのこ出かけるというのも……そうだ！　蔵に質流れになった仕込み杖があったな。ステッキにしか見えないあれなら、どうだろう？）

速水に会おうとは思っていなかった。

ただ、薩摩まで出かけて、彼が生きているのか死んでいるのか、それだけが知りたい。

それだけで、すっきりできるのだ。

会津にも出向いて、大楠虎之介のその後も知りたいところだ。

（会津はあの後、酷いことになったらしいが、大楠は死なずに済んだろうか？　もしかしたら、あのタキという女を連れて会津を脱出したかも知れん。小室重蔵は流石に……。梶原はどうしているかな？　……薩摩から戻ったら、会津にも足を運んでみるとするか）

問題は、店を放っぽり出して薩摩やら会津やらに出かける、その口実である。

（こんなことなら、けいが口うるさくいう通り、もっと早くに小僧を雇うべきだったな。とりあえず子守に女中を雇うとして、しばらくの間、店を預けるけいへの口実を、考えなければ……）

まず、世話になった松ノ助の墓参を思いついたが、その考えはすぐに捨てた。

（何しろ藤沢宿だからな……留守にしても、せいぜい十日がいいところだろう。それ

以上は、不審に思われる)

次に思ったのは、どこか遠方の縁者を訪れる、という口実である。

しかし、元より天涯孤独に近い身である宗太郎だから、こんな時に都合の良い縁者など思い当たるはずもない。

(いもしない、親戚をでっち上げるしかないか……?)

そのうちにふと、そんなことで真剣に悩んでいる自分が、何やら可笑しくなった。

(けいを……まあ、俺の場合は子供まで含めてだが、何とかこの巴屋に留めておき、自分はふらふらと出かける方策を真剣に考えているなんて。これじゃあ、あの時の速水とまるで同じじゃないか)

それでも無性に、すっきりしたかった。

(そういえば、半年も前に田原坂では雨中の激戦があったと聞いたが……まさか、雨が速水に祟ってやしないだろうな)

そわそわと立ち上がった宗太郎は、仕込み杖を確かめるため、かつてけいがじっと座って時を過ごした土蔵へと向かった。

解説

縄田一男

本書は、はじめ、『すっきりしたい』の題名で第十二回角川春樹小説賞に投じられた作品で、二〇二〇年十月、角川春樹事務所から刊行された際、大幅に加筆・訂正され、題名を『質草女房』と改題されたものである。

刊行時、この一巻を手に取った私は、作者である渋谷雅一の絶妙の語り口と、物語の持つ類いまれな結構に接して、思わずニヤリとし、勇躍、書評の筆を取った事を昨日のことのように記憶している。

選考委員たちの選評を見ると、

いわく「『すっきりしたい』は、もっとも良くできている。［中略］成長を期待したい」（北方謙三）

いわく「『すっきりしたい』は、［候補となった］三作のなかで、タイトルが一番いい。主人公が［中略、ラストである行動をとろう］とする時の「すっきりしたい」という動機は、どんな理屈よりも納得できると感じる。加えて「こうなればいいな」と思う方向に物語が帰結していく快感がある。予定調和という見方もあるかもしれないが、読後感がよく、個人的に大いに評価したい」（今野敏）

いわく「ストーリーも文章も破綻がなく、受賞作は本作であろうと感じた」(角川春樹)

ということになる。

これらの評に対して渋谷雅一は「受賞の言葉」で次のように答えている。

「今回の作品を投稿した時点では辛うじて五十代でしたが、受賞時には還暦を迎えてしまいました。ただ、これまでキリギリスのごとくきわめて楽天的に生きてきたもので、自分ではあまり年齢を意識したことがありません。

長い間、出版業界の片隅で多くはライターの仕事に携わってきましたが、小説という形式で原稿を書いた経験は、ほとんどありませんでした」

[中略]

「受賞をきっかけとして振り返ってみれば、自分は六十年間『人』に恵まれてきたのだと、改めて自覚しました。これからは、私を支えてくれた周囲の人々に応えなければならない、何よりも新たな機会をくださった『小説』に応えなければならないと、気持ちを引き締めております」

さてここからは物語の内容に入ろうと思う。

江戸が東京と名を改めた頃のこと。

主人公の貧乏浪人、柏木宗太郎が、金を用立ててもらおうと馴染みの質屋・巴屋に赴くと、主人の松ノ助は、こんなご時世だし、自分も年を取ったので店を閉めるという。

それでも、なお駄々をこねているとある提案をされる。

それは、彰義隊に入り、決戦前に気勢を上げるための金がいると、女房を質に入れて音信不通になった男がいる——質草が生身の人間ゆえ、簡単に流すわけにもいかないから、亭主の篠田兵庫を探してきてくれないかというものだった。

女房は、主人は必ず戻ってきますと、他の質草よろしく自ら土蔵に入り泰然自若としている。

はたして兵庫は生きているのか。上野で死んだか、それとも会津まで向かったか、それすらわからない。

結局、上野での捜索を見限った宗太郎は、会津に行くことにする。

彼はその途中、新政府軍の参謀、速水興平と出会い、互いに利用出来ることを確認、行動を共にすることになる。

あなたほどの侍なら、是非、新政府に欲しいという興平に、宗太郎は、「貧乏浪人のまま、流される生き方が好きなんだ。あんたのいうような「新政府による」世の中になっても、おそらくそうやって生きていくだろうよ」とも「俺は自分の周りのことにしか興味はないよ」ともいって〝一市井の徒〟という立場を崩そうとはしない。

二人の会津への道中は、彰義隊の残党狩りが行なわれる、といった緊迫した世相の中にあって、しかしながら、なかなかの弥次喜多ぶりといえるところが面白い。

だが、ここからがご用心。

この作品を読み進めていく上で、先入観をもちたくない、あるいは解説の方を先に読んでいる方は、是非、本書をいったん閉じて、本文の方から読み進めていただきたい。

なぜなら、本書の四分の三ほど、章でいうと「五　会津」まで読み進めると、兵庫の行方に関する決定的な証言・証拠は出揃ってしまっているのだから。

が、ここから作者のストーリーテラーぶりが、十二分に光ることになる。その筆致は、実に用意周到であり、良質なミステリーのように二度読みが可能なのである。

私は本作の主人公を〝一市井の徒〟と記したが、イデオロギーがぶつかりあった幕末、宗太郎のような人物は、一種の自由人であるといってもいいのではあるまいか。作者は受賞記念のインタビューの中で、次のようにいっている。

――今の日本に対する自分の意見はありますけど、突き詰めていくと、割とどうでもいい。政治的なことはあまり言いたくないなぁ。ツイッターとかSNSを見ていると、作家さんが主張しているじゃないですか。でも僕はしたくない。自分で思っていればいいことで、他人に対してどうこう言う必要もないと思っています。

これは、一種の反骨ではあるまいか。

そして、さらにいう。

――（そうしたことが）苦手な人ってマイノリティじゃなくて、マジョリティじゃないですか。自分はそのマジョリティの一人でいいし、ちょっと流される感じぐらいの方が好きなんですよ。ワーっと流されちゃうのは嫌なんですけれど。

ここに作者の大衆観や自身の立ち位置もうかがえる。

また、結果として〝無名人の維新史〟になっていますねという問いに、

――そういうのは自分でも好きです。名もない人々が、何をやっていたかみたいな。

といって、神坂次郎さんの『元禄御畳奉行の日記』を挙げている。

この日記を書いたのは、尾張徳川家に仕えた御畳奉行朝日文左衛門という、酒好き女好き芝居好きのありふれた侍だが、好奇心旺盛で無類の記録マニア。彼は当時の世

相を赤裸々に書きとめており、元禄の実相を知る好個の資料となっている。これを、神坂さんがまとめ、ベストセラーになった。

そして、作者がいうには、こうして生まれた主人公は「いい加減に一生懸命になっちゃう。いい加減にこだわっちゃう」「これで何か変えようという気持ちはないんですよね。『人間とはこういうものだ』とか」ということになる。

したがってイデオロギーのために死地には赴かないが、女のためには、赴くことができる。

ある意味、この書き手は庶民の本質というものを、最もよく理解しているのではあるまいか。

蔵の中で質草となっている女房は、さまざまな事象によってがんじがらめになっている庶民の象徴といえよう。そして庶民は、いつの時代にも誰かの手によって請け出されるのを待っているのだ。

もう解説の方を先に読んでいる人はいないと思って記すのだが、ラスト、『質草女房』という題名は、何重にも重みを増して私たちに迫ってくる。

宗太郎は、速水にいう──「だがお前は今さら、けい［質草女房］の前に姿を現すことはできない。何せ、けいが信じた彰義隊の篠田兵庫ではなく、薩軍の速水興平なのだから。かといって、けいへの想いを捨て去ることもできず、天下国家のための〝狗〟である一方で心の片隅でずっと気にかけていた」。

その速水も宗太郎にいう――「もしや、けいに惚れたのではないですか？」「その女のために、夫が生きているのか死んでいるのかだけでもはっきりさせてやりたいという気持ちが、柏木さんをこんなところまで来させたのではないですか？」

読者はここで、本書の主人公が誰であるかをいやというほど思い知るのではあるまいか。

名もなき人々にとっては、イデオロギーより惚れた女なのである。

私はこのささやかな庶民の同伴者として登場した渋谷雅一のこれからが楽しみでならない。彼ならきっと戦国、幕末、どの時代をとっても、庶民の息づかいの聞こえる作品を紡いでいけるに違いない。

注：「」内は引用者

（なわた・かずお／文芸評論家）

本書は第12回角川春樹小説賞受賞作品「すっきりしたい」を改題の上、大幅に加筆・訂正したものです。二〇二〇年十月に小社より単行本として刊行されました。

し 17-1

質草女房

著者　渋谷雅一

2023年3月18日第一刷発行

発行者　角川春樹

発行所　株式会社 角川春樹事務所

〒102-0074 東京都千代田区九段南2-1-30 イタリア文化会館

電話　03(3263)5247［編集］　03(3263)5881［営業］

印刷・製本　中央精版印刷株式会社

フォーマット・デザイン＆シンボルマーク　芦澤泰偉

ISBN978-4-7584-4548-1 C0193　©2023 Shibuya Masaichi　Printed in Japan

http://www.kadokawaharuki.co.jp/［営業］

fanmail@kadokawaharuki.co.jp［編集］　ご意見・ご感想をお寄せください。